W0367549

Le Livre de Poche

Jeunesse

LES TROIS ROIS MAGES

JUAN IGNACIO PEÑA
JUANJO IBAÑEZ
JAVIER AGUIRREAMALLOA

Un texte de JACQUES CASSABOIS

LES TROIS ROIS MAGES

HACHETTE
Jeunesse

Équipe artistique :
Producteur : Antonio Navarro
Scénario : Juan Ignacio Peña, Juanjo Ibañez, Javier Aguirreamalloa
Musique : José Battaglio, Kaelo del Río
Directeur artistique : Márcos Máteu
Directeur de l'animation : Manuel G. Galiana
2D FX animation : Jose Antonio García Villameriel
Montage : Juan Díaz canales
Effets spéciaux 3D : Daiquiri Digital Pictures

1. Jimmy et Alfredo

Il neige. New York s'arrondit sous le froid. Le pont de Brooklyn lance son grand bras dans la brume, par-dessus le fleuve. Noël est passé, la fête est finie et l'année a changé.

Sur un banc, dans un square, Jimmy, casquette rouge sur la tête, le menton dans les mains, songe. Il n'entend pas les voitures qui klaxonnent leur impatience dans les embouteillages, il ne voit pas les passants qui se hâtent sur les trottoirs. Il songe et ses pensées l'isolent du monde.

Soudain, un petit animal bondit sur le dossier du banc et le fait sursauter en poussant des cris perçants.

— Qui tu es, toi ? demande le garçon. Tu es l'écureuil le plus bizarre que j'aie jamais vu.

Ce n'est pas un écureuil. C'est une gerbille, une petite souris du désert. Mais que fait-elle ici, à New York, sous la neige ? Mystère ! Elle continue de crier, comme si elle parlait à l'enfant.

— Qu'est-ce qu'il y a ? Tu es triste ? C'est parce que tu n'as pas eu de cadeau de Noël, cette année ?

Il fouille dans sa poche, trouve un morceau de biscuit qu'il lui donne. La gerbille le saisit, couine encore et disparaît comme elle était apparue.

Jimmy est vexé qu'elle s'en aille aussi vite. Il aurait aimé qu'elle reste plus longtemps à ses côtés. Mais non. Elle est venue chercher à manger et, une fois satisfaite, elle s'est enfuie. Ingrate !

— Eh ben je ne croirai plus jamais à la magie de Noël, puisque c'est comme ça !

Il fourre sa casquette dans sa poche, coiffe son casque de patineur, attache la fixation sous son menton et part en poussant violemment sur ses rollers. Tout à l'heure, il était triste, maintenant, il est en colère.

Plus loin, des employés municipaux démontent les décorations de Noël. L'un d'eux, en équilibre au sommet d'une échelle, passe une guirlande à son collègue, sur le trottoir. Le gamin arrive à cet instant. Noël, la fête des enfants, la joie, les cadeaux... Mensonge ! Mensonge ! De rage, il arrache la guirlande avant que l'homme ne la saisisse.

— Eh là !

Trop tard ! L'échelle vacille. L'employé tout en haut se rattrape de justesse à la cime de l'arbre, pendant que son collègue s'élance à la poursuite du voleur.

Jimmy file sans demander son reste et traverse une rue. Une voiture pile en klaxonnant. D'un écart, il l'évite, puis reprend son élan. Mais l'homme l'a vu, ne le lâche pas, gagne même du terrain. Vite, une solution ! Jimmy bifurque à l'angle d'une rue, se cache derrière un groupe de clochards qui se chauffent autour d'un brasero. Son poursuivant passe tout droit, sans le voir. Ouf !

Il reprend sa course, soulagé. Il est hors d'atteinte maintenant, dans une impasse qu'il connaît bien. Tout au bout se trouve un restaurant dont les lumières brillent dans le clair-obscur de cette fin d'après-midi : *Le bistrot d'Alfredo*, son quartier général. C'est là qu'il se rend. Mais le rideau de fer descend. Alfredo est déjà en train de fermer. Vite !

L'enfant force sur ses cuisses à s'en déchirer les muscles, frappe ses roues contre le sol. Penché en avant, il plane au-dessus du macadam comme une mouette au ras des flots. Le rideau est bientôt fermé. Plus vite ! Le patineur plonge en avant et, dans un dernier coup de reins, se glisse sous l'ouverture et termine sa course en s'aplatissant contre le bar. Alfredo a tout juste le temps de le reconnaître.

— Tu m'as fait une de ces peurs ! s'exclame-t-il.

— Hé ! répond Jimmy en se relevant. D'habitude, tu fermes deux heures plus tard. Tu l'as fait exprès ou quoi !

— Eh bien, je savais qu'à cet instant précis, tu allais arriver sur tes patins, avec cette guirlande. Alors, je me suis dit : Si je suis en train de fermer le rideau, ce sera plus spectaculaire ! Et c'est ce qui s'est passé.

Alfredo a beau plaisanter, Jimmy reste de mauvaise humeur. Il sort la guirlande de sa poche et la pose sur le comptoir.

— Regarde ! Tu dis toujours qu'elle est magique, cette étoile de Noël. Mais c'est du plastoc ! Tu dis qu'il y a quoi, à l'intérieur ?

— Les rêves d'un petit garçon extraordinaire, répond Alfredo en continuant de taquiner l'enfant. Mais va d'abord la remettre où tu l'as prise !

— Alfredo ! Noël, c'est fini de toute façon, proteste Jimmy. Qu'est-ce que ça change si je ne la rapporte pas ?

Pendant que le vieil homme sort deux verres, son chat saute sur le comptoir et vient ronronner en se frottant contre l'enfant.

— Noël, ce n'est pas fini, reprend Alfredo en versant du lait dans un verre. C'est pour cette raison que je ferme plus tôt ce soir. C'est une nuit bien particulière. La nuit des Rois mages !

Il a baissé la voix, comme s'il évoquait un secret qu'il fallait préserver.

— Les Rois mages ! s'étonne Jimmy en caressant le chat qui boit.

Alfredo remplit le verre de son jeune ami et continue.

— Ils ont suivi l'étoile jusqu'à Bethléem. C'est la plus belle de toutes les histoires... Mais, je ne crois pas que ça puisse intéresser un petit dur comme toi.

Jimmy a perdu son air renfrogné. Les câlins du chat, peut-être, ou le goût du lait, ou le mystère entretenu par Alfredo... Ou tout cela à la fois, dans la douce chaleur amicale du vieux bistrot.

— Ah ! s'il y a un trésor, répond le garçon en reposant son verre vide, surtout de jolies filles et que tous les méchants reçoivent une raclée à la fin... Ça pourrait peut-être m'intéresser.

Alfredo sourit. Il s'accoude au comptoir devant son client préféré et commence à raconter.

— Eh bien, tout a commencé il y a bien, bien longtemps...

Jimmy, le visage dans les mains, écoute en ouvrant des yeux où se reflètent déjà les couleurs dorées des sables du désert lointain. Après avoir bu son lait, il boit les paroles de ce vieux malin d'Alfredo.

— Le monde était alors un endroit très dangereux, gouverné par des hommes qui s'adonnaient à la magie noire.

Magie du conteur, magie de sa voix. Jimmy est captivé. Le désert s'est installé dans le vieux bistrot. Une meute de loups galope dans la nuit. Leurs yeux de fauves brillent. Deux braises rouges sur leurs pelages noirs.

— Mais il y avait aussi des hommes bons, continue Alfredo, au cœur noble...

2 • Les Bons et les Méchants

Jimmy écoute. Les paroles d'Alfredo dessinent des images dans sa tête et ces images s'animent. Les hommes bons ! S'il aime tant que les méchants reçoivent une raclée, c'est qu'il préfère les bons. En voici un d'ailleurs. Il n'a pas l'air commode. Il est grand, fier et porte une longue tunique bleue, couleur du ciel lorsque la nuit descend. Il est entouré d'enfants qui l'écoutent assidûment. On dirait bien... Mais oui, c'est un professeur et la classe où il enseigne se trouve au sommet d'une haute tour blanche, pourvue d'une immense porte qui s'ouvre sur les étoiles.

— Maître Gaspard, où trouve-t-on de la magie ? demande une fillette.

— La magie ?...

Le professeur réfléchit un instant, puis désignant la classe elle-même, la tour, les étoiles qui scintillent, il ajoute :

— Eh bien, la magie est partout, mon enfant ! Mais dans cette école vous apprendrez à vous en servir avec sagesse. L'utilisation prudente et élégante de la magie, c'est ce qui fait la différence entre les bons magiciens et ces bouffons calamiteux qui sont la honte de notre profession...

Bouffon ? Qui est bouffon ? Mais le conteur n'entend pas les questions que son auditeur se pose en silence. Il continue de dérouler le fil de son histoire d'hommes bons. Bons comme le pain. Bons comme l'or...

*
* *

— L'or !... L'or !... gémit un vieil homme découragé. Encore un échec dans ma quête de la pierre philosophale.

Il vient d'être projeté au sol par une explosion. Son visage, sa barbe sont maculés de suie. Une odeur de poudre noire et d'œuf pourri flotte dans son laboratoire envahi par la fumée.

— Si seulement je pouvais trouver la vallée de l'Or ou le jardin de l'Or... ou quoi que ce soit en or, se lamente-t-il. Comme l'a dit l'oracle, ma vie sera marquée par l'or.

Et l'oracle que son père a consulté le jour de sa naissance ne s'est pas trompé, en effet. Depuis des dizaines d'années, le vieux Melchior étudie la chimie de la matière, espérant découvrir le procédé magique qui permet de transformer le plomb en or. Il a souvent échoué, mais d'échec en échec, il progresse. Il est déterminé. Il réussira. Il le sait.

Son laboratoire est l'image vivante de ses recherches. Encombré de manuscrits, de grimoires, de cornues, de serpentins, de bacs de décantation, de préparations, de fermentations, d'expériences en cours qui portent ses espoirs, d'expériences avortées !... Une caverne d'Ali Baba habitée par un savant. Personne ne peut s'y retrouver. Sauf lui, et encore ! D'ailleurs, son élève, Midas, a renoncé. Ses parents l'ont confié au savant, dans l'espoir qu'il apprenne à fabriquer de l'or pour s'enrichir et eux avec ! Un petit grassouillet plus attiré par les mystères de la gastronomie que par ceux de l'alchimie. Il mange sans arrêt. Un véritable glouton !

— Ta famille a été sage de t'envoyer étudier avec moi ! s'exclame Melchior en se relevant.

Le gamin mâchonne une cuisse de poulet et regarde son maître avec une moue étonnée, sans comprendre pourquoi il se donne tant de mal.

— Mais, maître Melchior, l'or c'est ennuyeux. Ça ne se mange pas !

— Au contraire, nous allons nous amuser et apprendre la magie comme un jeu !

Il se met à chantonner des formules en dansant entre les tables encombrées, au risque de tout renverser.

— Tous ces sorts ennuyeux lancés par les vieux croûtons depuis leurs grandes tours blanches sont inutiles...

Midas ne semble pas convaincu. Une seule chose l'intéresse chez son précepteur : son penchant pour la nourriture. Car Melchior, lui aussi, est gourmand. La cuisine, après la chimie, est sa seconde passion et il porte bien sa gourmandise sur lui. Il est rondouillard, jovial, bon vivant. Il va même jusqu'à prétendre que les chaudrons des cuisiniers dissimulent autant de mystères que les creusets des alchimistes. Parole de connaisseur !

*
* *

Un troisième homme bon se glisse alors dans le récit d'Alfredo. Celui-ci, au contraire de Melchior, est sec. Son visage est creusé et ses yeux ardents. Il médite, assis dans la nuit paisible d'une oasis. Sa concentration est d'une telle puissance qu'il a perdu toute densité. Il est devenu si léger qu'il s'est élevé au-dessus du sol. Il lévite, pas plus lourd que le vent. Les molécules de son corps se mêlent aux molécules de l'air. Il voit l'invisible, il entend l'inaudible, il sent l'imperceptible...

Là, ce sont des cris d'enfants violentés par des brigands. Ces derniers ont fait intrusion dans un village où ne demeurent plus que des enfants, des femmes et des vieillards incapables de se défendre. Ils ont regroupé les premiers dans un enclos, ces lâches ! Ils s'apprêtent à les enchaîner pour les emmener et les vendre sur les marchés aux esclaves de Nubie !

Balthazar, qui les a localisés dans sa méditation, s'apprête à s'élancer à leur secours, mais un hurlement lointain le retient. Des loups aux yeux rouges courent dans le désert. Ils sont pressés. Ils savent où ils vont. Cette meute en rejoint une autre qui vient de la plaine, puis une autre encore qui a exploré les montagnes. Elles se rassemblent, échangent en se flairant les résultats de leur quête et se dispersent. L'un des loups s'éloigne d'eux, seul, parvient au bord d'une falaise, s'élance dans le vide et jette un éclair aveuglant en atteignant le sol. L'animal s'est métamorphosé en un cavalier vêtu de noir qui s'éloigne au grand galop vers l'horizon.

— Encore des loups ! murmure Jimmy en frissonnant.
— Oui, envoyés à la recherche des trésors légendaires, précise Alfredo.
— Ouah, des trésors !
— Ceux qui montreraient à tous qui était le VRAI roi...

L'homme-loup arrive en vue d'une grande ville protégée par un puissant rempart. Il s'engouffre par une porte ouverte dans la muraille et se rend directement au palais de son maître : Hérode, roi de Jérusalem.

Avant d'entrer dans la salle du trône, il se dirige vers une antichambre obscure. Une ombre l'y attend à qui il rend compte de sa mission à voix basse. L'inconnu s'agite en l'écoutant. Il est contrarié et la colère allume ses yeux rouges. Puis le cavalier noir le quitte et s'approche de son roi devant lequel il s'incline, genou à terre.

— Majesté, dit-il, l'expédition en Égypte a échoué. Nous n'avons rien pu trouver.

— Oh, Bélial, s'irrite Hérode en se tournant vers l'inconnu qui se cache de la lumière derrière un pilier. Je veux les Trésors. Tu m'as promis que je les aurais !

Hérode est grand, gras et blafard. Son visage poupin est sans cesse déformé par des moues capricieuses de gamin gâté. Mais il est roi et personne n'ose le contrarier. Bélial, son conseiller, redoutable sorcier, le manipule comme une marionnette et le mène par le bout du nez, en flattant sa vanité.

Hérode s'est approché de la fenêtre qui donne sur la grand-place de la ville. Une foule immense y est massée.

— Il faut leur montrer que je suis le VRAI roi ! trépigne-t-il en désignant son peuple.

Bélial s'approche et lui parle comme à un gros bébé chagrin qu'il faut consoler.

— Tu sais bien que depuis que tu es tout petit, je t'ai toujours donné tout ce que tu voulais... Et les Trésors seront aussi à moi... enfin, je veux dire... à nous ! Maintenant, va te montrer à ton peuple...

Bélial s'est laissé prendre à ses propres paroles, sans se rendre compte qu'il sortait de la pénombre.

— Ah ! la lumière..., hurle-t-il soudain, comme ébouillanté par la clarté.

Pendant qu'il court s'abriter, Hérode monte dans une litière fermée par de lourdes tentures et se laisse emmener par quatre porteurs qui ploient sous leur royal fardeau.

Ils se dirigent vers la place principale, précédés d'un capitaine qui annonce l'arrivée du roi.

— Faites place au Magnifique, au Magnanime... Hérode le Grand !

Le cortège d'Hérode est impressionnant. La foule, massée sur son passage, le regarde passer et l'applaudit avec crainte. Seuls, les enfants ne se laissent pas intimider par ces démonstrations et, chaque fois qu'il sort en ville, il est escorté par quelques gamins délurés qui le ridiculisent en lui adressant moqueries et grimaces. Agiles, ils s'envolent comme des moineaux, à la moindre menace des soldats, pour réapparaître un peu plus loin sur le parcours du roi. Hérode les déteste.

— Les enfants !... crache-t-il en refermant les rideaux de sa litière. Petites pestes morveuses !

Il arrive enfin sur la grand-place, s'expose au grand jour et se dirige vers une forme imposante recouverte d'une bâche. À son arrivée, des ouvriers tirent sur des cordages et lèvent le voile pour révéler la merveille : une immense statue d'Hérode conforme à l'original, lourde, suffisante, pleine de mépris et d'arrogance. Vraiment, le sculpteur l'a réussie. Mais Hérode ne voit pas cette ressemblance-là.

— Oh ! s'émerveille-t-il de se trouver si beau.

Il ne voit pas non plus que la foule s'exclame de déception. Il n'entend pas la colère d'une jeune fille au premier rang.

— Tyran !

Elle serre les poings. Elle se tourne vers ses concitoyens, furieuse.

— Personne n'a donc le courage de se dresser contre lui !

Mais tous se taisent prudemment et s'écartent d'elle.

3. L'Étoile

Pendant ce temps, loin de Palestine, Gaspard le Mage, au sommet de sa grande tour, donne un cours d'astronomie à ses apprentis magiciens. La nuit est profonde, le ciel est clair et les étoiles brillent d'un éclat de diamant. Savent-elles que les enfants les regardent ? Gaspard les a-t-il prévenues, leur a-t-il donné rendez-vous ? Se sont-elles faites plus belles que d'habitude parce qu'elles avaient des invités ?

En parlant, Gaspard les désigne de son long bâton terminé par un pommeau d'or. On dirait que le bâton s'allonge quand il le tend et qu'il parvient à toucher le ciel.

— Connaître les étoiles et les constellations, dit-il, c'est parler le langage de l'univers...

Tout à ses pensées, il n'entend pas que deux de ses élèves chahutent et distraient le reste de la classe. Ils s'adonnent à une séance de travaux pratiques personnels. À l'aide de leur baguette de magiciens débutants, ils dessinent dans le dos de leur voisin de devant, qui ne se rend compte de rien, une silhouette qui ressemble comme deux gouttes d'eau à leur professeur.

Gaspard continue son discours sur le langage de l'univers.

— Une chose que seuls les puissants magiciens comme moi sont capables d'accomplir, mes chers élèves...

Il entend des gloussements derrière lui, des rires étouffés, des joues qui pouffent. Il se retourne et surprend les deux chahuteurs en train de préparer leur bon tour. Il fait mine de rien et reprend ses explications.

— Avec leur lumière, les étoiles prédisent l'avenir des hommes. Elles protègent les désirs secrets des enfants... Elles nous racontent des histoires de batailles, d'épopées, de héros...

Il marche de long en large et, tout en marchant, il jette de temps en temps un coup d'œil aux deux malicieux.

— L’interprétation des étoiles demande un ciel nocturne, de la passion et de la discipline.

Soudain, il claque des doigts et, aussitôt, le Gaspard que les coquins dessinaient sur le dos de leur voisin s’anime, sort de la tunique et s’avance vers eux en levant sa baguette d’un air menaçant. Ce n’est plus leur dessin. C’est leur professeur, vivant, avec ses mimiques et ses gestes. Comment peut-il être à la fois là-bas, devant les étoiles et là, devant eux à les toucher ?

Ils sursautent de frayeur et toute la classe éclate de rire devant le bon tour de leur maître. Un grand magicien, vraiment.

Gaspard sourit lui aussi. Il attend que le calme revienne dans les rangs puis reprend sa leçon, sérieux.

— Vous cherchez la gloire, mais il vous en coûtera. Et c’est ici que vous allez commencer à payer. Avec votre sueur, en travaillant durement !

Il appuie sur ces mots en frappant plusieurs fois le sol du bout de sa canne. C’est alors qu’un événement inattendu survient ! Le pommeau d’or du bâton étincelle d’une lumière aveuglante. Comme si les coups avaient provoqué cette réaction, déclenché un mécanisme.

Gaspard se retourne. Il se sent appelé par une voix que nul autre que lui ne peut entendre et découvre dans le ciel, juste en face de son école, une étoile énorme. Elle scintille de la même lumière vivante que le bijou de son bâton.

— C'est incroyable !... J'en étais sûr !... J'en étais sûr !...

Il tremble d'émotion, lui, Gaspard le sévère. Il balbutie. Ses élèves ne l'ont jamais vu dans un tel état. Ils sont troublés eux aussi, gênés même, et se regardent sans savoir quoi faire.

— Mes chers disciples, bafouille-t-il en repliant ses cartes du ciel, j'ai une affaire extrêmement importante à régler...

Il s'approche de la porte ouverte au sommet de la tour et saute dans le vide. Est-il devenu fou ?

Les enfants se précipitent vers l'ouverture, se penchent et aperçoivent leur magicien de professeur descendre souplement le long de la muraille comme s'il avait emprunté un ascenseur.

— Oh ! s'exclament les enfants ébahis.

Gaspard, en les entendant, reprend ses esprits et retrouve ses réflexes de professeur :

— Pour le prochain cours... découvrir, mesurer, calculer... l'antimatière... dans les trous noirs tubulaires... de la constellation d'Orion !

Du charabia pour la majorité de ses élèves qui n'a pas encore atteint ce niveau. Heureusement, comme sa voix se perd à mesure qu'il s'éloigne, ceux qui n'auront pas fait le travail demandé pourront toujours prétexter qu'ils n'avaient pas bien entendu...

Mais y aura-t-il un autre cours ? Nul ne peut le dire.

Gaspard, une fois à terre, a retrouvé Cyrus son chameau et, aussitôt, s'est mis en chemin en regardant l'Étoile. Elle semble heureuse. Gaspard a compris son signe. Elle lui sourit.

*
* *

L'œil rivé à son télescope, Melchior met un terme à une longue série de nuits d'observation du ciel. Il a découvert une nouvelle constellation et achève d'en reproduire le tracé sur sa carte, qu'il tient rigoureusement à jour. Elle a la forme d'un champignon. Pas étonnant, pour un gourmet habitué à faire bonne chère !

— Tu vois, Midas, dit-il à son élève, c'est ainsi que les grands musiciens... euh, magiciens, dressent la carte des étoiles.

Midas s'approche, un pilon de volaille à la main, regarde la silhouette de la nouvelle constellation et s'étonne en continuant de mâchonner :

— Un champignon ? Est-ce qu'il y a aussi des poulets dans le ciel, Maître ?

En entendant pareille stupidité, Sula, la chamelle naine de Melchior qui dormait dans son panier, ouvre un œil, blatère de surprise en couvrant Midas de postillons, puis se recouche avec une moue de dédain à ce gamin qui est vraiment bête comme trente-six cochons.

Melchior n'a pas la lucidité de sa chamelle. Les trois quarts du temps, il est obnubilé par sa recherche dc l'or. Le quart restant, il a la tête dans les étoiles. Jamais ici, toujours ailleurs. Jamais sur terre, toujours dans les vapeurs !

Sa découverte lui a donné faim. Il se prépare une salade tout en parlant.

— L'or... l'or... Si tu as de l'or, Midas, tu as absolument tout... Enfin, pas tout, tout... Il y a les étoiles aussi... En réalité, les étoiles et les salades sont les choses les plus importantes dans la vie, euh...

Il se rend compte qu'il a dit une bêtise. Il veut se corriger, mais Midas, intéressé par le rôle des salades, ne lui en laisse pas le temps.

— Et les poulets aussi ? demande-t-il.

Melchior le regarde et s'attendrit.

— Et les enfants !

Il lui caresse gentiment la tête, pendant que

Sula, dans son panier, préfère se boucher les oreilles pour ne plus les entendre.

Melchior va et vient dans son laboratoire. La sauce est prête, la salade est tournée. Le plat dans une main, il se remplit la bouche de l'autre, mange en marchant, s'approche de sa table de travail, prend quelques notes, enfourne une nouvelle bouchée, jette un coup d'œil dans son télescope et là, miracle ! tombe sur une pluie d'étoiles filantes qui déroulent leurs longs cheveux d'or en riant dans le ciel, juste devant son objectif.

— Oh, quelle merveille ! s'exclame-t-il, tout ému. T'ai-je déjà dit, Midas, que les étoiles abritent les rêves des enfants ?

Midas baragouine une vague réponse qui se perd dans la mastication de ses mâchoires.

— Quel garçon intelligent !

Sula, dans sa corbeille, ne supporte plus les compliments de son maître à son ignare d'élève. Elle a croisé ses pattes sur sa tête.

Non, Melchior n'est pas stupide. Il est bonne pâte, simplement. Il n'y a pas une poussière de méchanceté en lui, pas d'hypocrisie, pas de calcul, pas d'arrière-pensées non plus. Il est simple, bon, et croit que tout le monde lui ressemble plus ou moins. Pas forcément avec les mêmes goûts, mais avec les mêmes bonnes intentions. Tourné vers le bien et ignorant le mal.

Soudain, il pose son saladier. Il se sent attiré vers son télescope. Une force à laquelle il ne peut résister. D'autres étoiles filantes ? Une nouvelle constellation ?

Il fait la mise au point et reste sans un mot, sans un mouvement devant la splendeur que le ciel lui révèle. Une étoile le regarde. Son éclat est magique. On dirait qu'elle lui parle. Melchior est bouleversé. Il s'écarte du viseur, se frotte les yeux, regarde à nouveau et voit... l'Étoile, dont le rayonnement l'éblouit si fort que sa tête en bouillonne.

Il retire sa chéchia. Elle est ornée d'une broche triangulaire en or massif qui brille de la même intensité que l'Étoile. C'est elle qui lui chauffe le crâne. Elle brûle et Melchior fait passer sa coiffe d'une main dans l'autre pour la refroidir.

— Ouh !... Aaah !... Un semmage de l'univers comique... euh, un message de l'univers cosmique !... Est-ce l'emplacement de la vallée de l'Or ? Je vais enfin découvrir de l'or !...

Melchior danse, saute en l'air en criant.

— Mais où est-ce ? Et quel chemin dois-je emprunter ?

Maladroitement, il bute dans une pomme qui traîne par terre. La pomme rebondit, heurte un lustre aux pendeloques de verre et en brise une. Un éclat se détache, tombe sur une carte de Palestine ouverte sur une table et se plante à l'emplacement d'un petit village, au nord de Jérusalem. Hasard ?

— Oh ! voilà ce qui s'appelle un message précis !

Bethléem ! Telle est la réponse de l'Étoile qui a dirigé le hasard !...

Sula a entendu son maître. Au ton de sa voix, elle comprend qu'il y a de la magie dans l'air. Elle s'approche, curieuse, voit la carte et comprend. Elle blatère à nouveau, mais de joie. Elle lèche Melchior et le pousse au-dehors. On dirait qu'elle lui dit : « Dépêche-toi. Il n'y a pas un instant à perdre ! » Et Melchior, encore indécis, essaie de résister à la volonté de sa chamelle.

— Arrête, maintenant, Sula !... Et si cette étoile ne me guidait pas vers la vallée de l'Or...

La nuit est transparente. La belle lumière dorée qui baigne le laboratoire du savant éclaire la cour. Sula grogne en chassant à coups de front son maître qui avance en rechignant.

— Je ferais mieux de continuer mes recherches sur la pierre philosophale.

Les grognements de Sula se font de plus en plus insistants.

— Ça suffit, arrête maintenant, Sula ! Tête de chameau !

Melchior finit par céder et prend la route. Poussé par sa chamelle, il s'éloigne sur la piste. Midas les entend.

— Je ne veux plus être riche !...

Melchior bougonne. Sula ronchonne.

— Midas ! Prends bien soin de tout.

Midas rentre. Seul, il va pouvoir manger tout ce qui lui tombe sous la dent. Hélas, il se trompe. Aussi maladroit que son maître, il bouscule une cornue en franchissant le seuil du laboratoire. Une expérience attendait, toute prête. Un étrange liquide s'écoule, passe dans un serpentin chauffé par une chandelle, tombe goutte à goutte dans un bac plein d'une préparation qui se met alors à fumer. Lorsque la dernière goutte est tombée, le bac déborde et se déverse dans un cristallisoir. Soudain, le liquide s'épaissit, se colore d'une teinte dorée, jaillit d'un robinet comme l'eau d'une fontaine et remplit le verre que Midas s'apprête à boire. Ce n'est pas de la citronnade, c'est de l'or en fusion ! Et à peine Midas y a-t-il trempé ses lèvres qu'il se métamorphose en statue d'or !

Ainsi, Melchior a découvert le fameux secret de

la pierre philosophale ! Mais il ne le sait pas. Marcheur de grands chemins, il va, conduit par sa chamelle, vers un destin plus éblouissant que tout l'or du monde. Qui sait s'il reviendra jamais ?

*

* *

Dans l'oasis, là-bas, au cœur de la Nubie, Balthazar bondit comme un fauve. Les marchands d'esclaves s'apprêtent à emmener leur convoi d'enfants. Il s'abat sur eux, pareil à une tempête du désert. Armé d'un bâton d'épine, il neutralise dix bandits, terrorise les autres par sa puissance. Ce n'est pas un homme, c'est un lion.

Le chef des esclavagistes reste bientôt seul devant son adversaire. Il a saisi un enfant et menace de l'égorger.

— Ces esclaves sont à moi !

Chantage ! Balthazar-le-lion ne répond pas et le regarde avec calme. Son cœur ralentit et, soudain, il devient Balthazar-tourbillon, insaisissable, véloce, agile. Il apparaît ici, réapparaît là. Le barbare ne sait plus contre qui il se bat. Il est étourdi. Bientôt, il se sent désarmé par une ombre, saisi, déséquilibré et, lorsqu'il comprend ce qui lui arrive, il gît sur le sol, ligoté, la bouche pleine de sable.

Balthazar libère les enfants, qui se précipitent hors de l'enclos en criant de joie. Et c'est à cet instant, alors que l'homme est entouré par une ronde de fête, que l'agrafe en forme de demi-lune qui ferme sa cape se met à briller d'un éclat inhabituel.

Balthazar comprend aussitôt et lève les yeux vers le ciel. Elle est là, oui, bien là, au-dessus de sa tête et l'appelle de sa voix douce. Elle a traversé les immensités cosmiques pour lui parler. Elle est l'Étoile de la nouvelle aube de la Terre.

— Enfin, murmure Balthazar. Le moment est venu.

Le village, qui a appris la nouvelle de la libération des enfants, arrive, emmené par le plus âgé des hommes.

— Merci à toi, Balthazar, Celui-qui-ne-pleure-jamais, dit l'ancien.

Balthazar lui confie les enfants comme un trésor précieux.

— Vous êtes libres. Prends soin des enfants. Je dois partir.

L'ancien le regarde. On dirait qu'il sait, lui aussi. Mais il se tait.

Balthazar a rejoint Tempête, son chameau, et à son tour prend la piste pour un long périple, éclairé par la lumière du ciel.

4. Tobias et Baruch

Hérode est furieux. Il n'a pas digéré l'échec de ses espions en Égypte. Tellement habitué à voir plier les hommes devant lui, il ne supporte pas que ses désirs ne soient pas tous exaucés.

— Encore un échec ! se lamente-t-il en marchant nerveusement. Personne, je ne peux compter sur personne !

À cet instant, Bélial arrive, escorté par trois gardes noirs. Son visage est blême à force d'obscurité et sa barbichette noire, plantée au bout de son menton comme une touffe d'herbe au sommet d'une motte, accentue son air diabolique.

Hérode, surpris en pleine colère, se rend soudain compte de sa présence.

— Non ! je ne voulais pas dire ça... Je peux compter sur toi... Mais je n'ai que des contrariétés. Tout le monde veut mon trône. J'ai besoin des Trésors royaux ! Il me les faut !

— Pauvre gourde ! lâche Bélial avec mépris. C'est parce que tu ne cherches pas où il faudrait !

— C'est parce que je suis pressé. Pressé, pressé... Je suis un roi impatient !

Bélial s'approche à la limite de la lumière. Il ne marche pas. Il glisse comme un serpent.

— Cela fait longtemps que j'étudie les signes dans le ciel et ils révèlent que nous sommes plus proches des Trésors que jamais, confie-t-il. Nous ne devons plus nous permettre le moindre faux pas. Une force incroyable est sur le point de jaillir et seuls les Trésors et leur pouvoir nous permettront de l'anéantir.

Hérode l'écoute avec attention. Il est fasciné, et Bélial, presque menaçant, pose le bout de sa crosse sur sa poitrine en lui chuchotant :

— Tu dois bien t'assurer que tu contrôles le peuple et, par-dessus tout, te ressaisir.

Il est terrifiant.

— Oui, j'essaie, Bélial, répond Hérode avec docilité.

— Lamentablement ! rétorque le sorcier.

C'est alors qu'un jeune capitaine est introduit dans la salle du trône.

— Majesté, annonce-t-il, nous avons capturé le chef des rebelles !

— Magnifique, Tobias ! complimente le roi. Je savais que ta première mission serait un succès.

Hérode s'approche d'une table basse en évoquant à voix haute un souvenir qui semble l'émouvoir :

— Jason, le plus grand général de mon armée... C'était ton père et mon meilleur ami. Je lui ai promis sur son lit de mort que je prendrais soin de toi comme de mon propre fils... Que je te remettrais son glaive, dès que tu serais digne de le porter.

Le glaive est sur la table, recouvert d'un tissu soyeux. Hérode le saisit et le tend à Tobias.

— À présent, il est à toi.

Ému, le jeune homme le prend et contemple la lame nue. Porter l'arme de son père est un honneur. Il saura se montrer à la hauteur.

— Merci, Majesté.

Puis il se retire, plein de gratitude pour son roi.

Bélial, qui ne s'est pas montré, le regarde partir en réfléchissant :

— Le fils de Jason... Quelle aubaine ! Il pourrait bien nous être utile.

*
* *

— Baruch ! Baruch !

Tobias s'est empressé d'aller annoncer la nouvelle au vieux Baruch, un conseiller du roi, ami de son père de très longue date.

Au sommet de la tour Antonia qui domine Jérusalem, il contemple la ville avec mélancolie. Il ferait si bon y vivre, si elle n'était pas gouvernée par un tyran incapable.

— Regarde ! Le glaive de mon père. Hérode dit que je suis déjà digne de le porter.

Tobias est enthousiaste comme un enfant. Baruch, au contraire, paraît indifférent.

— Tu n'es pas heureux pour moi ? s'étonne le jeune homme.

— Sais-tu qu'ils vont crucifier ton prisonnier ce soir, lui répond-il avec tristesse. Et il ne mérite pas de mourir.

— Non ! répond Tobias incrédule. Hérode ne laisserait jamais faire ça ! C'est un roi juste et ce rebelle mérite d'être puni. Lui et les siens veulent détruire notre royaume. Ils ont assassiné mon père.

Baruch soupire. Il songe en silence. Il aime Tobias, qu'il a connu tout gosse. Mais comment lui faire admettre qu'il se trompe. Il lui prend le glaive des mains et le contemple, découragé, en pensant à Jason, son ami.

— Mon cher Tobias, lui dit-il, la loyauté... Ton père Jason était un homme loyal. Il servait le peuple et le peuple l'aimait. Hérode n'est loyal qu'à l'égard de sa propre folie...

Le jugement est clair et Tobias, contredit, reprend son glaive, furieux.

— Mon père a donné sa vie pour Hérode. Tu insultes sa mémoire !

— Reste éloigné d'Hérode, Tobias. Il corrompt tout ce qu'il touche.

C'en est trop pour le fidèle Tobias, serviteur docile et aveugle. Il s'emporte. Il menace.

— Je sais que tu as protégé des prisonniers. En tant qu'officier du roi, je t'avertis que la prochaine fois, je te dénoncerai !

Baruch, déçu, le regarde partir en murmurant.

— Tobias, Tobias... Tu n'as toujours pas compris ce qui se passe. D'autres jeunes ont commencé à se rebeller...

Cette conversation a indisposé le jeune capitaine, mais les mots qu'il a entendus creusent déjà en lui un petit chemin d'éveil. Il ressent un malaise. La condamnation du rebelle qu'il est fier d'avoir capturé le trouble. Crucifié ! Cloué sur une croix jusqu'à ce que la mort vienne ! Ce n'est pas une condamnation. C'est un supplice barbare. Hérode, son bon roi, ne commettrait pas une telle infamie ! Pour en avoir le cœur net, il se rend à la prison et s'adresse au geôlier qui surveille le prisonnier.

— Quel châtiment Hérode lui réserve-t-il ?

— La crucifixion !

Tobias est abasourdi. Il regarde le malheureux, enchaîné dans sa cellule et tourne les talons.

Première étincelle de prise de conscience. Se changera-t-elle un jour en feu de vérité ?

5. Sarah

Une tempête balaie le désert. Le sable siffle, recouvre tout.

Dans une tente à demi enterrée, des éclats de voix et des cris essaient de surmonter le vacarme du vent.

— Silence ! J'ai besoin de savoir combien on est !

Cette tente est le quartier général d'une bande de pillards du désert. Sales, vulgaires, hirsutes ! Comparé à la grossièreté de leur conversation, le braiment des ânes est une douce mélodie.

Ils montent un coup : une attaque de ville sans défense, à la portée de leur lâcheté braillarde.

— Alignez-vous ! beugle le chef, grand, ventru, puant et fort en gueule. Hé toi, là, Tête-d'œuf, compte !

Tous les bandits se lèvent et se regroupent sur une file pour faciliter le travail de leur complice.

Tête-d'œuf s'approche. Il les regarde, mais il a bu trop d'alcool de datte et ses yeux ont du mal à faire le point ! Il compte, s'aidant de ses doigts.

— Dix, vingt, trente... Quarante douze... Soixante et demi... ah oui, je retiens quatre... Heu... Huit cents !

— Huit cents, répète le chef qui est un pur illettré et qui n'a aucune idée de ce que représente une telle quantité ! Assez pour mettre la ville à sac. Bon, voilà le plan !

Il pose sa grosse patte graisseuse sur une vague carte déployée sur une amphore de bière.

— La première moitié de notre bande attaquera la première moitié de l'ennemi, explique-t-il, et l'autre moitié, cachée ici, en face de notre première moitié, attaquera la deuxième moitié de leur première moitié !

Tous l'écoutent, l'air stupide et obtus, qui la mâchoire en avant, qui le menton dubitatif, qui le regard voilé par des vapeurs d'alcool.

— C'est clair ?

Ils se grattent la barbe en grognant une vague

approbation, à l'exception d'un seul, petit, maigrichon qui lève le doigt en s'efforçant de résumer courageusement ce qu'il a compris :

— Donc, la première moitié de leur deuxième moitié sera attaquée par notre première moitié !

Logique ! Mais la logique est une insulte au royaume des imbéciles.

— Pauvre idiot, braille le chef en lui jetant un casque en pleine tête. T'as vraiment rien compris !

Le petit naïf s'écroule à la renverse sur les rires gras de ses comparses qui lui servent de matelas.

Au milieu de ce vacarme, la portière de la tente s'ouvre et quelqu'un entre. Il époussette le sable qui couvre sa cape et retire son capuchon.

— Je déteste les tempêtes de sable, dit-il en toussant. J'ai dû avaler la moitié du désert.

Les brigands se taisent et le regardent, ahuris. Le nouveau venu est une femme, grande, jolie, décidée. Elle n'est pas seule. Un petit animal a fait le voyage avec elle, accroché à son cou, protégé par ses longs cheveux. Il les écarte et s'assoit sur son épaule, sans façons. Tiens, c'est une gerbille ! Elle ressemble comme une jumelle à celle de New York, celle qui parlait à Jimmy, sous la neige. Ici, dans le désert, elle est plus à sa place. Mais, au juste, qui est donc cette gerbille ?...

— Je m'appelle Sarah, dit la jeune femme. Je suis une guerrière rebelle et je viens vous recruter pour renverser Hérode.

Les brigands la regardent, incrédules, et la gerbille, qui a compris avant sa maîtresse, essaie d'attirer son attention en poussant de petits cris.

— Mort au tyran sanguinaire ! lance alors Sarah en dégainant son glaive pour les rallier.

Elle est trop drôle à voir s'énerver ainsi toute seule et les brigands éclatent dans un tonnerre de rires qui fait trembler leur repaire.

La gerbille insiste sur l'épaule de Sarah.

— Qu'est-ce que tu dis, Aristobulus ?

Mais la gerbille retourne se dissimuler sous les cheveux de Sarah et celle-ci comprend enfin sa méprise.

— Vous n'êtes pas des guerriers, n'est-ce pas ?

La tempête a cessé au-dehors. Elle est sous la tente à présent. Sarah en sortira-t-elle vivante ?

6 • La rencontre

La petite ville choisie comme proie par les bandits ne se doute de rien. La place du marché est animée. Les marchands ont installé leurs étals : fruits, légumes, tapis, paniers d'osier, poteries... Des moutons passent, poussés par leur berger. Un chamelier négocie ses bêtes avec un caravanier.

— Dix chameaux pour le prix de vingt ! Et garantis trois mois !

Devant un étal de fruits, un petit homme bien portant fait ses courses :

— Pois chiches, champignons, dattes, piments, amandes fraîches..., chantonne-t-il en salivant de plaisir.

À mesure qu'il se sert, il emplit une calebasse, et sa chamelle, qui le regarde d'un œil envieux, se pourlèche à l'idée de partager le repas de son maître.

Ce gourmand qui fait ses provisions, c'est Melchior. Il vient d'arriver avec Sula.

À côté de lui, des poules caquètent avec frénésie. Elles sont énervées par l'ombre de Melchior : une ombre de coq !

— Voilà un sort original ! s'étonne un homme qui a remarqué l'anomalie.

Soudain, les poules, épouvantées par les mouvements de ce coq insaisissable, poussent des cris de frayeur et s'enfuient dans une nuée de plumes. Melchior, surpris, se retourne et renverse sa nourriture sur l'homme surpris par son ombre.

— Oh, je suis désolé, s'excuse-t-il.

Il pose son saladier dans la main de l'inconnu, ramasse les aliments tombés sur sa manche et s'empresse de frotter son vêtement, en éprouvant la qualité du tissu.

— Elle est en quoi, cette tunique ?...

L'inconnu, dédaigneux, le regarde, et Melchior, pour se faire pardonner, l'invite à se servir dans son bol :

— Oh... vous en voulez peut-être un peu ?

— Non, merci. Je n'avais pas prévu de m'empoisonner aujourd'hui, décline-t-il en repoussant la nourriture avec un air de dégoût. As-tu conscience de l'apparence de ton ombre ?

Le faux coq qui se met alors à chanter réveille les souvenirs de Melchior.

— Ah oui... J'avais oublié. Un sort qui a mal tourné... Ou alors, ajoute-t-il à voix basse, une salade avariée. Je ne sais plus.

L'inconnu sursaute d'étonnement.

— Tu es magicien ?

— Oh oui, tu peux le dire. Un des plus grands, mon ami. Ça ne t'ennuie pas que je t'appelle mon ami ?

L'autre, raide et sûr de lui :

— Si, ça me dérange beaucoup !

Mais Melchior ne se laisse pas perturber par le mépris. Il ne le voit pas. Au contraire, d'emblée, il éprouve de la sympathie pour cet homme et, sans savoir pourquoi, il se sent porté à lui glisser une confidence.

— Bien ! Il faut que je te raconte quelque chose, murmure-t-il en veillant qu'autour d'eux personne ne les entend. Je suis arrivé dans cette partie du monde, guidé par la magie ! Oui... une étoile magique qui se déplace.

— Qui se déplace ? répond l'autre en feignant l'incrédulité. Impossible !

— Je sais, ça n'arrive pas à n'importe qui. Je suis un magicien chanceux.

L'homme s'écarte. Il semble contrarié.

— Qu'est-ce que c'est que cette histoire !... Ce gros poulet crasseux aurait vu la même étoile que moi !

En effet, cet inconnu, fier de lui, jaloux de son talent, c'est Gaspard, évidemment. Mais il a à peine fini de s'interroger qu'une voix puissante le fait sursauter.

— Et il n'est pas le seul !

Un homme, à la carrure d'athlète, enveloppé dans une cape fermée par une agrafe d'or, se tient debout à côté de son chameau et les regarde. Melchior est impressionné.

— Et toi, qui es-tu ? demande Gaspard qui s'est ressaisi le premier.

— Je m'appelle Balthazar. Je viens des terres de Nubie pour la même raison que vous.

— Toi aussi !

— Nous suivons tous les trois la même étoile, continue Balthazar. Cela fait plusieurs jours que je vous attends.

Sa surprise passée, Melchior s'avance, confiant, main tendue.

— Oh ! Eh bien, je m'appelle Melchior.

— Melchior veut dire « Roi-de-la-lumière », n'est-ce pas ?

— Oui, en effet, c'est vrai. C'est bien vrai.

Gaspard sourit avec ironie en entendant le nom de Melchior.

— Roi de la lumière ! J'aurai vraiment tout entendu.

Et il s'avance à son tour, au-devant de Balthazar, en évitant Melchior.

— Mon nom est Gaspard. Cela signifie « Le-fils-de-toutes-les-constellations » !

Mais, au moment où les trois magiciens, guidés par l'Étoile sur les pistes de l'immensité, se sont enfin rencontrés, un cri terrifiant résonne sur la ville et suspend toutes les conversations. C'est un barrissement d'éléphant. Un éléphant, ici ? Jamais vu ça ! D'où vient-il ? Forcément un mauvais présage ! Tout le monde se regarde et écoute avec inquiétude.

À la sortie de la ville, d'autres hommes, en embuscade, ont entendu le cri et se préparent aussitôt.

— C'est le signal ! C'est le moment d'attaquer ! lance leur chef, grand, ventru, puant et fort en gueule. Cet abruti a encore fait l'éléphant. C'est pas comme ça qu'on lance une attaque surprise.

Il se dirige vers son cheval où Sarah, ligotée, se trouve déjà en croupe. Ses complices sont prêts.

— Les gars, on applique le plan ! Chargez !...

Ils fondent au grand galop sur la ville, en hurlant.

Pendant qu'Aristobulus, la gerbille, s'efforce de ronger les liens de sa maîtresse, Sarah, secouée comme un sac de dattes, ne décolère pas. Avoir confondu des pillards du désert avec des rebelles ! Comment a-t-elle pu se tromper à ce point ? Elle songe au jour où elle a vu Hérode inaugurer sa statue, à sa rage de le voir se pavaner, à la passivité de la foule... Sa révolte ne l'a pas menée bien loin. Finir captive des brigands !

Les affreux sont vite repérés, car des enfants qui jouaient à l'extérieur de la ville donnent l'alerte :

— Les bandits arrivent !

Aussitôt, c'est la panique. Tout le monde court, hurle, tremble. Trois femmes qui venaient vendre leurs paniers de jonc se dissimulent dedans, un enfant se cache dans une malle d'osier, les portes des maisons claquent, les auvents des éventaires se referment...

Mais les furieux sont déjà à la porte de la ville. Ils frappent à grands coups et c'est l'un des leurs, Tête-de-bois, qu'ils utilisent comme bélier. La pauvre porte ne résiste pas bien longtemps et cède avec fracas.

Les barbares se ruent. Personne ! Tout le monde est caché. Ils rient du plaisir qu'ils vont prendre à débusquer les habitants terrorisés. Ils frottent leurs mains crasseuses entre lesquelles la ville va bientôt tomber. Ils arrivent sur la place du marché. Tiens, quelqu'un ici ! Trois lambins et leurs trois chameaux qui n'ont pas eu le temps de s'enfuir !

Les trois lambins entrent soudain en action et commencent à décrasser les oreilles des hideux, avant qu'ils n'aient eu le temps de voir qu'elles étaient sales !

Balthazar capture un bandit à distance, sans même le toucher, le fait tourner autour de lui et, après l'avoir bien étourdi, le lance dans les airs où il se transforme en oiseau qui s'envole en sifflant.

Gaspard se bat en duel contre un autre butor. Bâton contre épée. La lutte est inégale. Le bâton est infiniment plus dangereux, avec son pommeau d'or et sa puissance magique. Mais l'ennemi ne le sait pas encore. Il croit qu'il va le manger tout cru, ce grand bonhomme empêtré dans sa robe.

Soudain, sans comprendre ce qu'il lui arrive, l'épée se change en bouquet de fleurs et le butor, en chèvre qui bêle et se met à brouter. Bon débarras !

Melchior a un peu plus de mal. Il cherche dans son grimoire une formule magique adaptée. Pourtant, le malotru qui le combat n'a pas l'intention d'attendre qu'il ait trouvé. Melchior court un réel danger. Heureusement, l'Étoile veille et lui fait découvrir le bon sortilège. Son adversaire se retrouve d'un coup habillé pour l'hiver, en costume de Père Noël qui agite une cloche pour annoncer son passage.

Père Noël ! Personne ne peut comprendre évidemment, mais Melchior est parfois sujet à des intuitions qui font de lui un magicien très en avance sur son temps...

Mais voici le chef des pillards. Au grand galop, il fonce sur Balthazar, bras croisés, qui le regarde avancer. Il va se faire renverser ! Non. Au dernier instant, Balthazar s'écarte. Derrière lui, Tempête, son chameau, solide comme une montagne, reçoit le cheval qui s'assomme contre son front. Le chef barbu, puant et fort en gueule s'élève dans un vol plané qui l'écrabouille au milieu des poivrons et des citrouilles. Il ne parlera plus avant longtemps. Quant à Sarah, toujours saucissonnée, elle est projetée sur la selle de Tempête, ravi de sa nouvelle cavalière.

La résistance des trois étrangers redonne le moral aux habitants. Un goujat a découvert l'enfant dissimulé dans le coffre en osier. Il le soulève par la peau du cou, mais le gamin se rebiffe, lui mord la main. Sa mère, arrivée en renfort, le cogne sur la tête à grands coups de cuillère en bois, pendant que des enfants, dissimulés sur une terrasse, lui sautent sur le paletot et le font tourner en bourrique, en lui tirant les cheveux, en lui criant dans les oreilles...

Mais il faut en finir et Gaspard lance un ordre à des objets qu'un marchand avait laissés traîner : balais, pots, poêles, nattes de jonc tressé.

Ils s'animent aussitôt, font le tour de la place et viennent prendre à revers un groupe de teigneux qui ne sait pas encore ce qui l'attend.

Quand ils s'apprêtent à foncer, les objets passent à l'action. La natte s'enroule autour d'un des bandits, un pot enferme la tête d'un autre, une poêle à frire se déchaîne sur la caboche d'un troisième. Si bien que, devant des adversaires aussi redoutables, les assaillants encore capables d'une décision préfèrent s'enfuir avant de subir une ultime humiliation.

Alors que tous les méchants ont pris la poudre d'escampette, un dernier brigand arrive sur la place, pour participer à la bataille. C'est celui qui a donné le signal en imitant le cri de l'éléphant. Il n'avait pas de monture et avait suivi ses compères, à pied, en galopant sur un manche où il avait planté une tête de cheval en crin de noix de coco. Découvrant le désastre, incapable de tourner bride, il tombe par terre, évanoui.

Le calme revient, puis l'activité reprend peu à peu.

Balthazar détache Sarah et lui retire son bâillon. À peine libérée, la jeune femme s'écrie, folle d'inquiétude :

— Aristobulus ? Où es-tu ?...

— Ceci serait-il Aristobulus, répond Gaspard en désignant la gerbille perchée sur le pommeau de son bâton laquelle saute aussitôt dans les bras de sa maîtresse.

— Oh, Aristobulus ! dit-elle en l'embrassant tendrement.

Puis, s'adressant aux trois mages :

— Merci de m'avoir sauvée de ces ruffians. Je m'appelle Sarah.

— Je suis ravi de te connaître, répond Melchior qui se nomme à son tour, avant de présenter ses compagnons.

— Gaspazard... euh... Gaspard, dit-il en désignant Gaspard et Balthazar ! Nous suivons tous les trois la même...

Ce gaffeur va trahir un secret ! Vite, Gaspard lui écrase le pied pour le faire taire.

— Ouille !... la même... euh... chamelle ! continue Melchior en disant ce qui lui passe par la tête.

Gaspard intervient en riant, pour atténuer la maladresse de Melchior.

— Ah ! Il est d'un drôle !

Mais Sarah n'a rien remarqué. Elle a vu de quelle manière ils avaient vaincu les pirates des sables. Elle est admirative.

— Je n'en reviens pas que vous ayez fait fuir tous les bandits ! C'est incroyable ! Vous savez... je lève une armée pour combattre le tyran ! Accepteriez-vous d'en faire partie ?

— Bien sûr, bien sûr, plaisante Gaspard. As-tu déjà un général ?

— Oui ! répond Sarah. C'est moi !

Gaspard n'en revient pas. Il s'en veut presque de l'attention qu'il a accordée à cette insensée.

— Ah bon ! Nous n'avons plus de temps à perdre, alors. Mettons-nous en chemin.

Sarah fait la moue, froissée.

— Ne te vexe pas, petite fille, lui dit Balthazar. Nous avons déjà une importante mission à accomplir.

— Je ne suis pas petite.

Pendant qu'ils montent en selle, elle regrette d'avoir pris la mouche trop vite.

— Quelle mission ? leur demande-t-elle.

— Trouver le Roi des Rois !

— Ah oui, murmure Melchior pour lui-même. Trouver le Roi des Rois et surtout... découvrir la route de la vallée de l'Or...

Ce sont leurs derniers mots. Ils s'éloignent déjà. Mais Sarah ne veut pas les perdre. Elle sent qu'elle doit les accompagner. Elle leur emboîte le pas.

— Je peux... venir avec vous ? demande-t-elle humblement.

— Désolé, répond Gaspard qui n'en peut plus. NON !

Balthazar la regarde. Ses voix intérieures lui parlent d'elle. Il écoute, puis déclare :

— Quelqu'un qui connaît bien la région pourrait nous être très utile.

— Oh, merci beaucoup ! s'écrie Sarah en les rejoignant. Je ferai tout mon possible pour vous aider.

Gaspard est furieux.

— C'est un vrai cirque ! Un gros lard, une fille général... Quelqu'un d'autre veut-il se joindre à nous ? lance-t-il à la cantonade.

7 . Les Trésors royaux

Dans sa colère, Gaspard ne croit pas si bien dire. Mais si aucune nouvelle recrue ne s'ajoute à leur petit groupe, deux yeux rouges ont observé toute la scène de la bataille sans en perdre une miette. En effet, au sommet d'une colline qui surplombe la ville, un homme-loup guette et, une fois les mages partis, il se hâte vers Jérusalem par des chemins secrets, faire son rapport à ses maîtres.

Hérode, dans son palais, visite ses ateliers de sculpture. Des dizaines d'artistes travaillent. Ils n'ont qu'un seul modèle : le roi. Des quantités de statues sont en chantier.

Hérode, qui se voit ainsi, figé dans des poses

avantageuses, s'admire, émerveillé par sa puissance.

— L'Histoire retiendra-t-elle que c'était moi le plus grand de tous ?

À cet instant le cavalier noir arrive avec ses renseignements.

— Majesté, trois grands mages aux pouvoirs extraordinaires sont à la recherche du Roi des Rois qui, disent-ils, est sur le point de naître.

— Quoi ! hurle ce vaniteux. Mais c'est moi, le roi. Tuez-les !

— Non, ne les tuez pas ! répond une voix de ténèbres.

C'est Bélial qui arrive.

— Reçois-les, au contraire. Lie-toi avec eux. J'ai l'intuition qu'ils pourraient nous conduire jusqu'aux Trésors... Et toi, garde, convoque-moi ce garçon, Tobias, dans mes quartiers.

Il s'éloigne avec un rictus perfide, laissant Hérode avachi sur son trône, contrarié d'avoir été contredit.

*
* *

Les mages arrivent en vue de Jérusalem. Ils s'arrêtent un instant pour contempler la ville baignée d'une chaude lumière, majestueuse à l'abri de ses remparts.

Sarah les accompagne, mais depuis qu'elle connaît la raison de leur étape dans la ville, elle est effrayée.

— N'allez pas voir Hérode. Quand il saura ce que vous cherchez, il vous tranchera la gorge. C'est du suicide.

Gaspard soupire.

— Parfaitement ! On dit qu'il est manipulé par un être démoniaque !

— Un être démoniaque ! se moque Gaspard qui ne la prend pas au sérieux. C'en est vraiment trop !

— Sarah, ma chère, la raisonne Melchior, il est impossible qu'un roi soit démoniaque. Regarde la cité qu'il a bâtie. Les rois sont des gens bien. C'est dans leur nature.

— Croyez-moi, je vous en prie ! Croyez-moi !

Mais rien n'y fait. Personne ne la croit. Même Balthazar qui lui a permis de les accompagner lui répond avec fermeté :

— Sarah, c'est l'Étoile qui nous a conduits ici.

Ils reprennent leur marche, entrent dans la ville et se dirigent vers le palais du roi. Là, Balthazar confie leurs trois chameaux à Sarah, avec une dernière recommandation avant d'entrer.

— Reste à l'extérieur du palais.

Sarah les regarde s'éloigner avec tristesse. Ressortiront-ils ?

— Hérode ! soupire-t-elle. Même les scorpions s'éloignent de lui...

Hérode, averti de leur arrivée, les reçoit en audience. Des prêtres se tiennent derrière lui. Parmi eux se trouve le vieux Baruch qui n'était pas arrivé à raisonner Tobias. Les mages sont debout, au pied de l'escalier qui mène au trône.

— Bien, bien, bien..., leur dit Hérode, faussement amical. Ainsi, vous recherchez le Roi des Rois. Nous poursuivons le même but. Je suis aussi pressé que vous de le découvrir.

Le cœur de Balthazar se met à battre sourdement dans sa poitrine. Signal ! Un danger plane sur eux. Un orage ? Un rapace ? Non, une ombre glacée qui se tient à l'écart, invisible, et qui assiste à l'audience. Sarah disait vrai. Une puissance démoniaque entoure Hérode, veille sur lui, lui dicte sa conduite...

— Il y a bien longtemps que je prépare mon royaume à le recevoir, continue le roi... pour faire une petite mise au point.

Baruch, comme les autres prêtres, écoute sans manifester la moindre émotion. Soudain, il voit les bijoux des magiciens. Le pommeau cubique du bâton de Gaspard, l'agrafe de Balthazar en forme de demi-lune et la broche en triangle de Melchior. Son visage s'illumine. Il tremble d'émotion.

— Les joyaux ! murmure-t-il pour lui-même.

Mais l'audience est déjà terminée et les mages prennent congé. Baruch voudrait qu'ils restent, mais c'est impossible. Et il ne peut pas leur parler, il éveillerait les soupçons...

— Nous reviendrons vous voir, majesté, quand nous aurons trouvé le Roi des Rois, salue Balthazar avec déférence. Nous avons encore un long chemin à faire.

Au-dehors, ils retrouvent Sarah, soulagée de les revoir vivants, et ils s'éloignent, sans perdre un instant, en se frayant un passage à travers les rues encombrées.

— Je n'ai jamais rencontré un roi si détestable ! se scandalise Gaspard. Il m'a fait penser à un énorme crapaud.

— Il est une marionnette, répond Balthazar avec gravité. Une terrible force le manipule.

— Je vous l'avais dit ! s'écrie Sarah. Estimez-vous heureux d'être encore en vie.

Elle a beau être contente de les retrouver, elle leur en veut de ne pas avoir pris ses avertissements au sérieux et est en colère d'avoir eu raison.

— Après tout, ajoute-t-elle en voyant Melchior, à la traîne, renverser par maladresse un étal de fruits secs, vous n'êtes peut-être pas si intelligents.

Melchior les rejoint, essoufflé, et malheureusement, vient confirmer les craintes de Sarah par une remarque idiote :

— Mais pourquoi on est partis si vite ? Je parie qu'il nous aurait invités à déjeuner... C'est étrange, il n'a même pas parlé de la vallée de l'Or.

Patient, Balthazar lui répond avec gentillesse, pendant que les deux autres haussent les épaules avec agacement :

— Melchior, il y a une chose que tu dois savoir au sujet de l'Étoile. Elle ne va pas nous conduire vers une vallée d'or !

Melchior est vaguement déçu, mais puisque les choses sont ainsi, il les accepte, avec sa bonne humeur habituelle, sans faire de chichis.

Ils poursuivent leur chemin, marchant d'un bon pas, sans voir qu'un gamin ne les lâche pas d'une semelle. Soudain, profitant d'un encombrement de la rue, le gosse se précipite en avant, arrache le bâton des mains de Gaspard et s'enfuit. Alertée par les cris du magicien, Sarah qui se trouvait en avant du groupe, se retourne, voit l'enfant arriver en courant, comprend ce qui se passe et lui barre le passage. Mais lui, habile, jette la canne par-dessus sa tête, à des complices qui l'attendent, esquive Sarah et rejoint ses camarades. Tous trois détalent comme des lapins.

Les trois mages et Sarah se lancent à leur poursuite, passent un carrefour, tournent l'angle d'une rue. Là, ils sont entrés dans une cour intérieure. Vite ! Et là, ce rideau qui bouge encore... C'est drôle, on dirait qu'ils font tout pour ne pas semer leurs poursuivants.

Qu'importe ! Sarah, Balthazar, Gaspard et Melchior pénètrent à leur tour dans la maison où ils ont disparu et tombent nez à nez avec les trois chapardeurs, protégés par... Baruch, le vieux prêtre !

— Toi ? fait Gaspard étonné, en voyant son voleur.

— Vous étiez censés les faire venir discrètement, dit Baruch en réprimandant affectueusement les enfants. Pas mettre la ville sens dessus dessous.

— C'est ça, répond le plus déluré des trois, discrètement. J'ai compris.

— Merci de votre aide, les enfants. Allez, maintenant, dit-il en les renvoyant.

Puis il rend le bâton à son propriétaire, en ajoutant :

— Suivez-moi, je vous prie. J'ai quelque chose de très important à vous dire.

Il les entraîne vers un escalier de pierre, éclairé par une lampe à huile qui conduit à l'étage supérieur. Ils arrivent devant une pièce fermée par une lourde tenture.

— Je m'appelle Baruch, leur dit-il en les précédant.

— Nous pensions que tu servais Hérode, lui répond Balthazar qui se souvient de l'avoir vu au palais, pendant leur audience avec le roi.

— Plus je suis proche d'Hérode et mieux je peux servir mon peuple. Depuis deux siècles, mes ancêtres ont servi les rois d'Israël, protégeant un secret au prix de leur vie.

Soudain méfiant, il s'interrompt, en désignant Sarah.

— Ne crains rien, le rassure Balthazar. Elle est avec nous.

Baruch soulève alors la tenture, pénètre dans la pièce secrète, suivi de Sarah et des mages. Mais, à l'insu de tous, une étrange mouche aux yeux rouges parvient à se faufiler derrière Melchior qui ferme la marche.

Elle volette sur place, en bourdonnant. Elle voit tout, entend tout.

Baruch vient d'ouvrir un coffre en bois précieux dont il sort un rouleau de parchemin.

— Quand je vous ai vus au palais, confie-t-il,

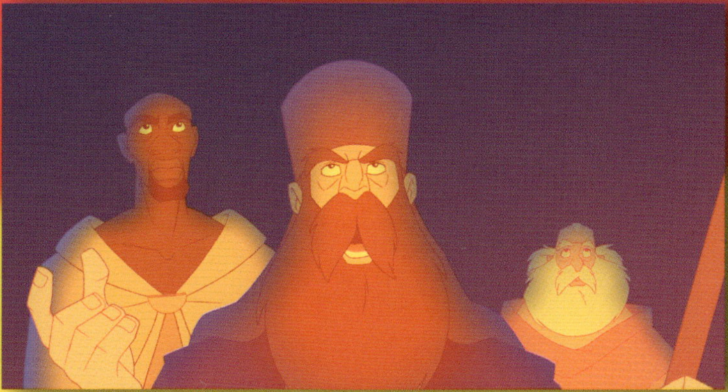

j'ai su que vous étiez les élus. Vos bijoux sont mentionnés dans ce manuscrit qui vous conduira aux Trésors royaux.

Il déroule alors son parchemin et les trois mages sont sidérés d'y voir, dessinés dans des couleurs chatoyantes, un triangle, un demi-cercle et un carré : leurs trois bijoux magiques.

— Les Trésors royaux, s'exclame Gaspard en découvrant le manuscrit. Ils existent vraiment !

— L'or, poursuit Baruch en les désignant l'un après l'autre, l'encens et la myrrhe...

Et les bijoux, à mesure qu'ils s'entendent nommer, se mettent à luire sur la chéchia de Melchior, sur la canne de Gaspard, sur la poitrine de Balthazar d'un éclat aussi éblouissant que celui de l'Étoile. Les trois mages, comme irradiés par la puissance de cette lumière, sont bouleversés.

La mouche, elle non plus, n'a rien perdu de ce miracle.

— Tu vois, dit Melchior à Balthazar en plaisantant, j'avais bien dit qu'il y aurait de l'or dans l'aventure.

Mais Baruch semble anxieux. Il remet le parchemin sacré à Balthazar et continue de révéler ses secrets, comme si le temps lui était compté.

— L'origine des Trésors royaux remonte au commencement des temps. Ils étaient gardés dans le temple d'Asher, le temple des Étoiles. Un endroit secret que beaucoup ont recherché en vain. Les Trésors sont destinés à l'Enfant qui va bientôt naître : le Roi des Rois. Vous devez trouver les Trésors et les lui offrir.

Le cœur de Balthazar recommence à battre, comme tout à l'heure dans le palais. Il comprend que la mouche qui tournoie autour de lui en est la cause. D'une détente fulgurante, il la capture et, subitement, des cris de douleur s'élèvent de son poing fermé, une chaleur atroce le brûle et l'oblige à ouvrir la main. La mouche, libérée, s'enfuit sans demander son reste.

— C'était sûrement Bélial, le sorcier d'Hérode, déclare Baruch qui l'a reconnu à ses façons d'agir. Son pouvoir est terrifiant. Il n'y a plus de temps à perdre. Suivez l'Étoile. Elle vous guidera.

8 • Le piège

Bélial-la-mouche vole vers son laboratoire dissimulé dans les sous-sols du palais. Il sait ce qu'il voulait savoir et il se hâte pour retrouver Tobias qu'il avait convoqué. Il le rejoint dans l'escalier qui mène à son antre, où il descend avec Hérode.

Il est d'une humeur massacrante, contusionné d'avoir été écrasé par Balthazar et un peu roussi par sa propre décharge électrique qui lui a permis de se libérer.

— Maudit géant ! grogne-t-il. C'est la deuxième fois qu'il me repère.

Il devance Hérode et Tobias en les bousculant et les précède chez lui. Son univers lui ressemble :

sombre, froid, rusé, suintant la cruauté et le mensonge. Des créatures habitent avec lui, monstrueuses, enfants de sa magie perfide : des crapauds chevelus, hideux, des mantes religieuses géantes, aux pattes tranchantes comme des rasoirs. D'ailleurs, Tobias en évite une de justesse.

— Excellent réflexe, ironise Bélial en observant la scène. Elle aurait pu t'arracher la tête !

Hérode est à l'aise parmi les monstres. La rencontre des mages l'a énervé et l'atmosphère des lieux l'apaise. Il s'installe sur une couchette, prend un crapaud chevelu et le caresse pour se calmer, pendant que la bestiole avale une souris vivante.

— Bélial, gémit-il, je fais des cauchemars... Des enfants, des milliers d'enfants qui portent des couronnes sont assis sur mon trône. Ils chantent : « Je veux être roi... Je veux être roi. »

Bélial l'écoute d'une oreille distraite en nourrissant ses poissons carnivores.

— Je n'ai pas de temps à perdre aujourd'hui avec tes obsessions.

Il a mieux à faire, en effet. Un plan diabolique mûrement réfléchi à mettre en œuvre dont Tobias sera le bras, Tobias qui commence à être embarrassé d'être là.

— Pourquoi m'a-t-on amené ici ? demande-t-il.

Bélial ne lui répond pas immédiatement. Il laisse

planer le doute un instant pour l'inquiéter, puis il s'approche et lui pose la main sur l'épaule en s'efforçant d'être aimable.

— Nous t'avons choisi pour une mission très délicate.

— Moi ? s'étonne Tobias.

Bélial confirme d'un hochement de tête.

— Je t'aiderai, ne t'inquiète pas, murmure-t-il, apaisant.

Et, en disant cela, il retire son œil droit, le transforme en pendentif et le passe autour du cou de Tobias. Habilement, il trace un signe devant son visage et l'hypnotise. Un brouillard rouge recouvre le jeune homme et pénètre en lui. Puis Tobias revient à la réalité, sans se douter qu'il a été envoûté par Bélial.

— Ce que tu verras, je le verrai, lui confie celui-ci. Ton pendentif est protégé par un pouvoir magique qui rend ses effets irrésistibles.

— Prouve que tu mérites d'être appelé le fils de Jason, insiste Hérode sur son divan.

À cet instant, le crapaud, énervé par les caresses du roi, se rebiffe et lui pince un doigt.

— Toi, la ferme ! se fâche Hérode en lui assenant un violent coup de poing sur la tête.

Le crapaud s'étrangle et recrache la souris qu'il

n'avait pas encore avalée, bien contente de recouvrer la liberté.

*
* *

Après avoir quitté Baruch, les mages et Sarah se faufilent dans les rues en essayant de passer inaperçus. Des trompettes ont sonné l'alerte et tous les soldats de Jérusalem sont mobilisés pour les arrêter et les jeter en prison.

Bientôt, ils sont repérés en train de faire des provisions pour la route.

— Hé, vous ! Arrêtez-vous ! crie un officier.

Pour toute réponse, Balthazar donne le signal de la fuite en administrant une claque sur la croupe de Sula qui se redresse brutalement et part au grand galop, surprenant Melchior affalé en travers de sa selle. Gaspard saisit Sarah, l'aide à enfourcher Cyrus.

— Il faut se séparer, ordonne-t-il. Retrouvons-nous à la muraille du levant.

Et la poursuite s'engage, folle, désordonnée. Melchior, accroché à l'arçon de sa selle, n'est pas encore parvenu à rétablir son équilibre. Il ne sait pas où il va, mais qu'importe, Sula, sa chamelle, elle, le sait et se taille un chemin dans la foule en poussant de grands cris affolés. Les étals des marchands sont renversés et les soldats, pris au dépourvu par cet animal fou, sont incapables de maîtriser leurs chevaux qui se cabrent et les jettent par terre, cul par-dessus tête !

Balthazar part le dernier. Il attend qu'une patrouille arrive sur ses talons pour l'attirer dans la direction opposée à celle de ses amis. Il parvient sur une place, s'engouffre sous une tente immense. Les soldats se précipitent derrière lui. Les mâts tremblent et font vibrer la toile. Des hurlements de douleur s'élèvent. Balthazar se bat comme un furieux, mais il va succomber sous le nombre. Trop d'assaillants veulent sa peau ! La lutte finit par s'apaiser et Balthazar va sortir, probablement enchaîné. D'ailleurs la portière s'ouvre et... un homme sort. Quoi ? Un seul ! Libre, vainqueur ! C'est Balthazar, le lion des sables ! Formidable lutteur ! Il retrouve Tempête qui l'attend et s'enfuit à son tour, à bride abattue.

Gaspard et Sarah s'en tirent assez bien, car le magicien utilise son bâton magique. Un éclair et il dresse un mur devant une escouade de soldats incapables de le franchir. Un autre éclair et il ouvre un passage dans une muraille. Une troupe s'y engouffre, sûre de mettre la main sur les rebelles.

Un dernier éclair et le piège se referme en écrabouillant hommes et montures !

Les fuyards atteignent enfin la fontaine de Siloam, proche de la muraille du levant. C'est par là qu'ils pourront sortir de la ville en passant inaperçus et gagner la campagne. La fontaine se trouve à l'intérieur d'un temple. Lorsqu'ils pénètrent dans la cour intérieure, un homme à l'autre extrémité leur fait signe d'approcher :

— Par ici ! Par ici !

Ils hésitent. Qui est cet individu ? Et si c'était un piège ? Mais du dehors, des clameurs leur parviennent. Les soldats ont retrouvé leur trace. Il n'y a plus de temps à perdre. Fiez-vous à votre bonne Étoile !

Ils rejoignent l'inconnu, qui les entraîne vers un passage secret. Mais ils ne sont pas seuls. Des gardes noirs ont investi la galerie qui surplombe la cour. Parmi eux, un archer arme son tir.

— Rappelle-toi ce que Bélial a dit, ordonne le chef. Une blessure légère. Juste assez profonde pour qu'elle soit convaincante.

La flèche siffle et atteint à la jambe l'homme qui s'écroule dans un cri.

Le passage est ouvert. Il faut filer. Balthazar saisit leur sauveur et le traîne à l'abri juste avant que la porte ne se referme. Sauvés ! Pour l'instant.

Sarah regarde le jeune homme qui grimace de douleur. Il est beau garçon. C'est Tobias !...

9 . Première attaque

Les fuyards ont semé leurs poursuivants. Jérusalem est loin derrière eux maintenant. Ils ont atteint les montagnes et, abrités au creux des rochers, ils s'apprêtent pour la nuit.

Sarah s'occupe de la jambe de l'espion Tobias et refait son pansement sans précaution. Elle le trouve douillet pour un soldat.

— Alors, tu t'appelles Tobias, lui dit-elle en serrant son bandage.

— Ou... ouille !

— Et toi aussi, tu te bats contre Hérode !

— T'es obligée de serrer si fort ?

— Il faut savoir souffrir pour guérir. Si tu ne

supportes pas la douleur, tu ne seras jamais un vrai guerrier.

Aristobulus, sur l'épaule de sa maîtresse, ne perd pas un mot de la conversation et couine en signe d'approbation.

— Je peux supporter la douleur et plus encore, se fâche Tobias, vexé. Mais je ne supporte pas les filles qui jouent aux soldats !

Pendant qu'ils se chamaillent, Gaspard et Balthazar se sont éloignés. Ils regardent la plaine recouverte de nuit. Le ciel, limpide, distille une fraîcheur de source, et leur Étoile, doucement, les rassure par sa présence.

— Une étoile parmi des millions, murmure Gaspard pour ne pas troubler le silence.

Balthazar écoute sa voix s'éteindre comme une lueur soufflée par la nuit, puis répond, avec les mêmes précautions que lui.

— Nous avons de la chance...

Melchior est allé ramasser du bois et prépare du feu. Il l'allume. Les premières flammes ont du mal à prendre. D'une sacoche, machinalement, il tire ce qui lui tombe sous la main pour ranimer le foyer. Étourdi ! Son éventail n'est autre que le précieux parchemin remis par Baruch à Balthazar. Il ne voit rien. Il chantonne en agitant le manuscrit, tout content de préparer un bon feu pour ses amis.

Soudain, le bord du papier s'enflamme et Melchior prend conscience de sa négligence.

— Oooh ! Aaah ! Au secours !

Balthazar et Gaspard arrivent à la rescousse, et Balthazar, avec calme, éteint le manuscrit, à peine consumé. Plus de peur que de mal !

— Quel maladroit ! gronde Gaspard. Et ça se prend pour un magicien !

— Mais je ne l'ai pas fait exprès !

— Espèce de... crétin !

Gaspard est exaspéré. Mais Balthazar met un terme à leur dispute, en jetant la consternation.

— Regardez ! Il n'y a rien d'écrit dessus !

En effet, le parchemin est vierge, aussi vide que le désert ! Pourtant, c'est bien le rouleau que Baruch leur a donné ! C'est bien sur ce rouleau qu'ils ont vu, de leurs yeux vu, leurs trois bijoux dessinés : la broche triangulaire, l'agrafe en demi-lune et le pommeau cubique. Pas d'erreur là-dessus ! Alors ?...

Alors, pendant qu'ils s'interrogent tous trois, autour du précieux document un rayon de lumière bleue, tombé du ciel, les enveloppe dans une clarté mystérieuse. C'est l'Étoile qui les a entendus et qui descend apaiser leur inquiétude. Le parchemin s'anime soudain et un texte apparaît, tiré de l'invisible par la volonté de leur protectrice.

Eau, qui coule dans nos gorges sans jamais apaiser notre soif,

Terre, qui tisse son manteau de fils d'argent,

Pierre et ruines, qui furent de joyeuses maisons.

L'Étoile est là, parmi eux. Elle parle à travers le parchemin. Elle parle à travers Balthazar qui lit les mots qu'elle a calligraphiés.

Les trois hommes se regardent sans oser la moindre parole, ni le moindre geste. L'Étoile est venue les affermir dans leur mission, leur montrer qu'elle ne les abandonnait pas, qu'elle veillait sur eux, à chaque instant, puis elle les a quittés et sa lumière est remontée au ciel.

— Al Kaïm, déclare Gaspard. La cité de Sel sur la mer Morte !

— Oui, confirme Balthazar. La description correspond à cette cité.

— Tu as bien dit : cité de Sel ? Tu veux que nous allions dans une cité de sel, sur une mer morte ?

Gaspard préfère ne pas répondre à Melchior. La présence de l'Étoile habite encore son cœur. En se fâchant, il en effacerait les dernières traces. Il s'en va taquiner l'infirmière.

— Alors, lui demande-t-il, comment va ton petit guerrier ? Tu ne l'as toujours pas achevé.

Sarah n'apprécie pas et Tobias en profite pour détourner la conversation.

— C'est drôle, je n'ai jamais vu autant de soldats pour capturer trois hommes !

— Tu ferais mieux de te reposer, lui répond Balthazar. Demain, un long chemin nous attend.

— Et comme notre expédition est déjà plus qu'au complet, ajoute Gaspard redevenu mordant, tu ne pourras pas t'y joindre.

— Mais, il nous a aidés à nous sauver, objecte Melchior.

Balthazar hésite et regarde Tobias droit dans les yeux. Il entend les paroles de Baruch quand il essayait de raisonner Tobias : « *Ton père Jason était un homme loyal. Il servait le peuple et le peuple l'aimait.* » Ces paroles le rassurent et il se range à l'avis de Melchior.

— Il a risqué sa vie pour nous. S'il le veut, il peut nous accompagner. D'accord ?

— Deux contre un, s'agite Melchior en narguant Gaspard ! Deux contre un !

— Un homme, une voix ! C'est grotesque ! Comment ma voix pourrait-elle avoir la même valeur que celle de ce, ce... personnage !

— Je suis l'un des élus autant que toi ! Ou plus... bien plus !

— Pour l'instant tu es élu pour monter la garde !

Balthazar, péremptoire, une fois de plus, clôt leur chicane :

— Absolument, je vais monter la garde ! Les yeux grands ouverts !

Melchior la bonne pâte est vexé. C'est rare.

Il s'éloigne et s'installe à quelque distance du groupe pour mieux surveiller le bivouac. Les autres s'apprêtent sur leurs nattes pour dormir. Sarah n'est pas satisfaite de la décision d'autoriser Tobias à les accompagner. Elle n'a pas confiance en lui. Quant à l'espion, il est ravi d'avoir détourné les soupçons des trois hommes.

À peine sont-ils endormis que l'œil de Bélial s'ouvre sur le pendentif de Tobias et qu'une nuée rouge s'en échappe en tourbillonnant. Elle plane sur les dormeurs en mugissant, envahit le campement. Elle cherche, fouille, fouine comme un fauve en quête d'une proie. Melchior l'aperçoit et se lève, affolé. La tornade se précipite alors vers lui et cherche à l'écraser. Mais il se débat, se précipite vers ses amis.

— À l'aide ! Au secours ! On nous attaque ! Sonnez l'alarme ! Faites quelque chose !

Il les secoue, mais rien à faire, ils dorment profondément, ensorcelés par ce brouillard diabolique.

— Mon grimoire... vite, mon grimoire...

Seule la magie peut venir à bout de la magie. Il se précipite sur sa sacoche, extrait son gros ouvrage bourré d'une infinité de formules et feuillette les pages à la recherche du charme capable de terrasser l'adversaire.

Mais Bélial-la-brume a compris le danger. Sa tornade redouble de violence, se jette contre Melchior, essaie de lui arracher son arme redoutable. Alors Melchior s'acharne de toutes ses forces, retient son grimoire, décidé à résister jusqu'au bout. Soudain, il pousse un cri :

— Sauvé !

Un éclair a jailli. Tombé du ciel, il transperce le brouillard opaque et vient frapper la broche qui orne la coiffe de Melchior, provoquant une explosion de lumière. Bélial est touché. On entend un hurlement de douleur et la brume reflue aussitôt, s'amenuise et se dissipe aussi vite qu'elle était venue.

Les dormeurs se réveillent enfin et Melchior a toutes les peines du monde à leur faire admettre qu'ils ont couru un grand danger pendant qu'il veillait. Une chance ! Et qu'il s'est battu pour les protéger.

— Un monstre nous a attaqués... Je vous dis la vérité... L'Étoile s'est montrée... Et soudain, tout a disparu...

— Tu as peut-être fait un cauchemar, élude Tobias qui connaît très bien l'identité de ce monstre.

— Superhistoire, Melchior, ajoute Sarah qui ne le croit pas davantage. Je t'assure. Elle me plaît beaucoup.

— Mais c'était réel ! Je vous dis que j'ai tout vu.

Il n'y a pas pire sourd que celui qui ne veut pas entendre et Melchior a beau s'obstiner, il ne parvient pas à les convaincre. Cependant, Balthazar a trouvé le grimoire dont un angle a été déchiqueté. Il le montre à Gaspard.

— Regarde.

— Magie noire !

*

* *

Dans son palais, Hérode joue aux quilles. Mais son jeu – conçu par lui-même – a été spécialement fabriqué pour lui. Ses quilles ne ressemblent à aucune autre. Elles ont des silhouettes d'enfants et chaque fois qu'il joue, Hérode donne libre cours à sa haine. Rien ne l'amuse plus que de les faucher d'un seul coup de boule.

— Youpi ! Je les ai tous fait tomber !

Il bat des mains pendant qu'un courtisan, responsable des jeux du roi, compte les points et ordonne :

— Remettez les enfants !

Au moment où Hérode s'apprête à réussir un nouveau coup gagnant, Bélial apparaît, boitant, la tunique en lambeaux, la barbichette ébouriffée. Il bloque la boule et interrompt le jeu.

— Il faut que je récupère ces manuscrits, grogne-t-il, irrité. Mais ces mages sont plus puissants que je ne pensais. Il faut mettre un terme à leur voyage, tout de suite. Et tu vas m'aider ! Il est temps que tu fasses autre chose que jouer à ces jeux grotesques !

Hérode, fâché qu'il ait interrompu sa partie, lui tient tête en s'appuyant sur son maillet.

— Et toi ? Pourquoi ne leur montres-tu pas une bonne fois pour toutes la puissance de tes pouvoirs ?

— Chaque chose en son temps ! menace le méchant.

10 • Deuxième attaque

La petite troupe continue son périple sur les pistes de Judée en direction de la mer Morte. Les mages sont en tête et les deux jeunes les suivent. Sarah ne manque pas une occasion de provoquer Tobias.

— Tu t'es vite remis, hein ? ironise-t-elle en pensant à sa comédie lorsqu'elle le soignait.

— Merci. Après toutes ces années de combat, le corps finit par s'habituer, répond-il en ignorant sa moquerie.

— Toi, te battre ? J'aimerais voir ça.

Elle croque un morceau d'aliment quelle sort de la poche de sa jupe et lui en tend une part.

— Qu'est-ce que c'est ? demande-t-il en mâchant.

— Une sauterelle. C'est très nourrissant.

Il recrache et s'essuie la bouche avec une moue dégoûtée.

— Tu veux m'empoisonner ? Ça ne t'a pas suffi de me massacrer la jambe ? J'en ai marre de tes blagues ridicules.

Sarah est aux anges. Elle le quitte et rejoint les autres en le laissant seul en arrière.

L'œil de Bélial profite de l'occasion pour s'ouvrir. Une fumée enveloppe Tobias et le place dans un état second. Un message apparaît devant lui et il le lit mécaniquement, comme s'il répétait ce que le sorcier lui dicte.

— Fais-les passer par la vallée du Corbeau plumé.

Lorsqu'il a pris connaissance du message, il revient à la réalité, dissipe la fumée pour que personne ne remarque rien, puis recolle au groupe à la hauteur de Melchior.

— Pourrais-je en savoir un peu plus sur cette mission ? lui demande-t-il, faussement intéressé.

— Je vais tout te dire, tout, répond Melchior avec complaisance. Un jour, je me suis cogné la tête contre mon télescope et j'ai vu des étoiles ! Puis j'ai eu une vision : la Terre tourne autour du

Soleil. Ce fut ma toute première découverte et elle m'a beaucoup servi ensuite.

— Tu ne dis déjà que des âneries quand tu es réveillé ! s'exclame Gaspard. C'est encore pire quand tu as une vision. Le Soleil tourne autour de la Terre, imbécile ! Et ça, même le plus crétin de mes élèves le sait.

Tobias comprend qu'il ne tirera rien de Melchior qui continue maintenant la discussion avec son collègue.

— Mais tu te trompes, Gaspard, tu te trompes. Si le Soleil tournait autour de la Terre, nous aurions tous le tournis. Or, nous n'avons pas le tournis !

— Je te dis que le Soleil tourne autour de la Terre !

— Mais, non ! La Terre tourne autour du Soleil !

— Le Soleil autour de la Terre.

— Tu es un fou borné... Tu as un petit pois dans la tête !

Et ils argumentent, se contredisent, s'entêtent, chacun campant sur ses positions. Tout à leurs convictions, ils ne sentent plus la fatigue de la marche, ne voient plus les beautés des paysages, n'éprouvent plus la chaleur du soleil, la fraîcheur du crépuscule et de l'aube, tant leurs conceptions sont inconciliables. Et cette controverse sans issue qui les oppose, reprise par d'autres après eux, durera encore pendant des siècles et des siècles, jusqu'à ce qu'on sache enfin, une fois pour toutes, que Melchior avait raison. Les deux mages alors, seront retournés vers leur Étoile et riront de leur désaccord depuis longtemps...

Mais pour l'instant, ils sont toujours vivants et le groupe se trouve bientôt devant une bifurcation. Où aller ? À gauche, à droite ?

— Attendez, propose Tobias. Nous devrions prendre par là ! Cela mène tout droit à la cité de Sel.

— Tout droit ? Mais non, c'est par là, la cité de Sel, de l'autre côté ! s'étonne Sarah, en pointant la direction opposée.

— Qu'est-ce que tu racontes encore ! Non, pas du tout ! En plus, ton chemin est infesté de bandits.

— Des bandits ! Par ici ?...

Qui croire ? Balthazar observe les deux pistes, alternativement, en fermant les yeux pour mieux se concentrer sur ses voix. Il entend faiblement et avec beaucoup de brouillage : « *La première moitié de notre bande attaquera la première moitié de l'ennemi, et l'autre moitié, cachée ici, en face de notre première moitié, attaquera la deuxième moitié de leur première moitié !* »

Il reconnaît la voix du chef des bandits.

— Nous prendrons ce chemin, décide-t-il en choisissant la proposition du traître.

Tobias triomphe et nargue Sarah. Tous s'enfoncent en direction du piège tendu par Bélial.

— Tu as entendu quelque chose ? demande Gaspard à Balthazar qui acquiesce d'un simple signe de tête.

L'endroit est sinistre. Un défilé étroit, survolé par des vautours. Tobias, devant, guide le groupe et Bélial-pendentif profite que son espion est isolé des autres pour ouvrir son œil. Une vapeur soporifique s'élève aussitôt et le maléfice opère. Les parois du défilé s'amollissent comme de la guimauve. Leurs sommets se rejoignent et forment une voûte sombre au-dessus d'eux. Chacun est pris de somnolence et avance en bâillant, tel un somnambule. Sarah, épuisée, s'assoit contre un rocher, à côté de Tobias qui ne vaut pas mieux qu'elle. Gaspard se laisse attirer par un tourbillon gigantesque. On dirait une tornade dans l'océan. Mais l'eau se change en ciel nocturne et l'écume en étoiles. Gaspard, halluciné, se croit dans l'espace. Il marche au milieu des constellations.

— Des étoiles ! Une galaxie !... Un trou noir !

Il s'avance, émerveillé, sans voir qu'il approche du bord d'une falaise. Le trou noir est un gouffre. Il va s'y précipiter.

— Ne va pas te baigner ! lui conseille une voix endormie. Elle est trop froide.

C'est Melchior. Il le saisit par le poignet, alors que Gaspard avait déjà un pied dans le vide. Il le ramène vers leurs chameaux, contre lesquels ils se laissent aller à leur fatigue.

Tous sont affalés, enveloppés dans une obscurité opaque. Tobias n'a pas encore sombré dans le sommeil. Il voit le sol se soulever en se hérissant. Un vent se lève et mugit. Le désert de Judée a disparu, remplacé par un rivage où claque le ressac de l'océan. Une barque s'approche alors. À bord, se trouvent deux hommes vêtus d'une ample cape, la tête dissimulée dans un capuchon. L'un est gros, l'autre sec. Celui-ci met pied à terre le premier. Il se dirige vers les hommes endormis.

— Comment allez-vous, mes chers amis ?

C'est le redoutable Bélial !

— Assieds-toi avec nous, murmure Melchior avant de repiquer du nez.

Bélial soulève la tête de Gaspard, qui ouvre les yeux, croit le reconnaître :

— Ta silhouette me semble familière... Papa ?

Bélial le caresse en souriant.

— Qui a le manuscrit ?

— Qui sait ? répond Sarah dans son somme.

— Veux-tu une salade ? lui demande Melchior qui rêve de festin.

— Je suis un peu pressé.

Bélial est satisfait de lui. Sa magie se révèle plus efficace qu'il ne l'espérait. Les grands mages n'ont pas fait un pli !

— Notre voyage s'arrête ici ! soupire encore Gaspard avant de retourner dans les étoiles.

— Accepterais-tu de le poursuivre à notre place ? lui propose Balthazar.

Appuyé contre le flanc de Tempête, il fouille dans les fontes de sa selle et en tire le manuscrit, qu'il tend à Bélial.

— C'est précisément pourquoi je suis ici ! répond le monstre en saisissant la pièce si convoitée.

Sans perdre un instant, Bélial fait demi-tour et retourne au rivage. Mais derrière lui, Balthazar lutte contre sa léthargie. Il tenait le parchemin. Il ne l'a plus. Cette disparition remue quelque chose en lui, le tire vers la conscience. Peut-être que ce sont ses voix intérieures qui hurlent pour le réveiller ?

Pendant ce temps, le deuxième homme a fini

par s'extraire de la barque. Il se précipite vers Gaspard. Dans sa hâte, il bouscule Bélial qui essaie de le retenir.

— Tu avais raison, ricane-t-il. Ton voyage s'arrête ici et tu seras le premier à mourir !

Son capuchon glisse. C'est Hérode le cruel. Une lame brille dans son poing levé.

— Découpe-le comme une grosse dinde ! lui conseille Melchior dans son sommeil.

— C'est ça, découpe-le ! confirme Tobias.

Trop tard, une poigne de bronze saisit le bras d'Hérode et le fait pivoter. Un géant se dresse devant lui et l'écrase de sa silhouette : Balthazar !

— Bélial ! gémit Hérode, paniqué.

L'agrafe en demi-lune de la cape brille d'un éclat éblouissant qui terrorise l'assassin et l'éclair qui en jaillit percute l'éclair lancé par Bélial pour délivrer son pantin de roi. Trop tard, le mage a repris l'avantage. Il saisit Hérode et le jette dans la barque, s'approche de Bélial, lui reprend le manuscrit :

— Je ne crois pas que cela t'appartienne !

Bélial, impressionné, rejoint son complice et, à grands coups de rames, pousse la barque vers le large, sans demander son reste.

Alors le maléfice se dissipe, aussi brutalement

qu'il a frappé, et les voyageurs retrouvent peu à peu leurs esprits.

— Que s'est-il passé ? s'étonne Gaspard. Comment sommes-nous arrivés là ?

— C'est Bélial ! lui répond Balthazar. Nous avons tous failli mourir.

Gaspard regarde Melchior. Des bribes de souvenirs lui reviennent. Il se revoit, sauvé de justesse par celui qu'il n'a cessé de rabrouer depuis leur départ. Il l'aide à se relever et le remercie.

— Melchior... Il y avait un tourbillon dans l'eau et tu m'as empêché d'y tomber !

— Un tourbillon ? Moi ? Mais j'ai une peur bleue de l'eau. Tu as dû rêver !

Sarah est moins tendre avec Tobias et ne mâche pas ses mots.

— Tu avais dit tout droit ! Et sans danger !...

Melchior voit le jeune homme ennuyé. Il s'approche pour le réconforter.

— Allez, ne t'en fais pas. Elle paraît sèche, comme ça, mais elle t'aime bien.

Et lui aussi se sent attiré par elle, mais le double jeu qu'il mène l'empêche de se laisser aller. Melchior, qui ne voit le mal nulle part, ne peut pas s'en douter. Mais Sarah est plus fine. Elle perçoit certainement que Tobias n'est pas sincère et c'est pourquoi elle ne manque pas une occasion de le provoquer.

Les montures sont à nouveau prêtes à partir et, avant de reprendre la route, Balthazar s'approche de Tobias à son tour, plante son regard terrible dans ses yeux et lui dit :

— Ce n'était pas ta faute.

Sa manière de parler contredit ses paroles. Tobias le comprend. Plus encore que Sarah, Balthazar se doute de quelque chose.

— Non... non... bien sûr que non..., balbutie le garçon, embarrassé.

*

* *

— Si proche du but et maintenant si loin !

Bélial est dans tous ses états. Il réintègre son laboratoire souterrain avec Hérode, à califourchon sur un éclair. Ils sont trempés et crottés. Hérode s'allonge sur un divan et saisit un horrible crapaud chevelu sur ses genoux. Bélial est hors de lui.

— Tu as tout gâché ! Bouffon ! persifle Bélial, hors de lui.

— Je suis désolé, je suis désolé, pleurniche Hérode. Je me suis laissé aller. Mon instinct de tueur a repris le dessus !

Il se retient d'écrabouiller le crapaud, qui s'apprête à amortir le coup.

— Apprends à te contrôler où nous n'arriverons jamais à rien ! Nous ne pourrons plus les prendre par surprise maintenant. À présent, tout dépend de Tobias.

— Tobias ! répond une voix consternée. Tobias vous aide !

C'est Baruch. Il est emprisonné dans une cellule qui forme le recoin le plus sombre du laboratoire.

— Oui, Tobias, jubile Hérode en titillant son crapaud. Ton garçon fait du bon travail. Les mages lui font confiance.

Baruch était seul dans son cachot, mais son cœur restait libre. L'espoir vient de s'éteindre et son cœur est dévoré par la nuit. Prison dans la prison.

11 • Révélations dans la cité de Sel

La cité de Sel est encore loin et le voyage se poursuit pendant des jours et des jours, au pas majestueux des chameaux. Là-bas, dans son antre, Bélial se remet de son échec et rumine sa prochaine tentative. Il n'est pas de ceux qui renoncent et les mages le savent.

Pourtant, au fil des heures, le danger s'éloigne et l'âpre beauté du désert apaise les voyageurs. Ils franchissent des défilés taillés dans des falaises, passent sous des arches de calcaire, frôlent des montagnes dont les sommets neigeux scintillent comme des étoiles de midi, essuient des averses dont les pluies les reposent des fatigues de la piste.

Et la lumière habille leurs cœurs des teintes qui font chanter les paysages : ocre du matin, or plombé qui tombe du zénith en dévorant les ombres, violet des crépuscules portés par des vents de douceur, outremer de la nuit où les marées de l'espace descendent jusque sur terre offrir leur fraîcheur aux chercheurs de Trésors royaux.

À respirer tant de beauté, les hommes changent. Le soir, au bivouac, ils parlent avec tranquillité et leurs voix, chauffées par le feu, se perdent en montant vers le ciel.

Dans cette paix, les cœurs s'ouvrent. Gaspard, si sérieux, plaisante et badine. Il amuse Melchior et Balthazar par des tours de débutant. Tobias, à l'étape, taille un bâton pour Sarah et lui propose un duel. La fille, plus agile et plus rusée, l'emporte facilement. Pourtant, elle ne triomphe pas et lui ne la regarde plus avec antipathie. Au contraire, il lui jette des coups d'œil à la dérobée, profitant qu'elle ne le voit pas et déplore de plus en plus sa mission, qui les éloigne l'un de l'autre.

Puis le soleil levant chasse la nuit, impose une nouvelle journée.

Melchior s'endort sur sa chamelle, mais Gaspard, sur Cyrus qui marche à côté de Sula, le surveille et le retient pour l'empêcher de tomber. Balthazar sourit de leur complicité, Aristobulus s'attarde sous une cascade et l'ombre de Melchior profite des somnolences de son maître pour s'envoler afin de dégourdir ses ailes de coq ankylosées...

Un jour enfin, ils parviennent au terme de leur voyage : la lugubre cité de Sel. Tout y est mort, rongé par le sel qui a recouvert les arbres et les maisons. Ce sel semble vivant et sa victoire sur la ville ne l'a pas arrêté. Il continue de s'accumuler et, parfois, la couche est si épaisse qu'elle craque et cède sous son propre poids. L'atmosphère elle-même est salée et les visiteurs ne tardent pas à ressentir la soif.

Ils font halte sur une sorte de place et tout le monde met pied à terre.

— Il doit bien y avoir un puits quelque part, dit Balthazar. Sarah, Tobias, essayez de trouver de l'eau !

Les deux jeunes gens obéissent et partent aussitôt, accompagnés d'Aristobulus.

De rue en rue, ils découvrent l'entrée d'une ancienne mine. Peut-être y trouveront-ils de l'eau ? Ils s'y engagent en s'éclairant d'une torche. Aristobulus gambade devant eux et, pendant que Sarah et Tobias avancent avec prudence, il sautille joyeusement et bientôt les perd de vue.

C'est ainsi que la gerbille découvre un endroit sinistre. Une ancienne geôle où des hommes ont été enchaînés et abandonnés à la mort. Des squelettes jonchent le sol. Des adultes, mais aussi des enfants. L'un d'eux avait emmené sa poupée de chiffon dans son dernier voyage. Elle demeure là, les yeux grands ouverts, comme si elle témoignait du massacre. Qui a commis de tels crimes ?

Soudain, une lumière rouge éclaire l'intérieur d'un crâne. Aristobulus prend peur et s'enfuit. Mais dans sa hâte, il bouscule un squelette qui vacille et se disloque. Une main tombe sur la gerbille, qui se retrouve emprisonnée entre les os des doigts. Impossible de sortir ! Aristobulus, effrayé, voit la lumière se transformer en scorpion aux yeux rouges, sortir du crâne et trotter sur le sol jusqu'à la poupée, à l'intérieur de laquelle il se dissimule.

Pendant ce temps, les jeunes gens continuent leur exploration, sans succès.

— Je crois qu'on s'est perdus ! dit Sarah en se retournant.

C'est alors qu'elle se rend compte qu'Aristobulus a disparu.

— Aristobulus ! appelle-t-elle.

Ils s'enfoncent dans une galerie en courant et découvrent bientôt, à leur tour, le spectacle épouvantable. D'horreur, Sarah lâche la torche en étouffant un cri.

— Des esclaves !

Elle fait quelques pas, bouleversée, découvre la poupée, la ramasse et la regarde accroupie, en la tenant comme un enfant perdu. Son cœur est envahi par le chagrin.

Aristobulus les a vus entrer. Il couine pour avertir sa maîtresse. Elle est en danger de mort. Il sait qui habite la poupée.

Mais ni Tobias ni Sarah ne l'entendent. Ils sont trop émus l'un et l'autre. Sarah pour des raisons différentes. Ces défunts lui en rappellent d'autres et des souvenirs qu'elle croyait avoir enfouis remontent en elle avec la puissance d'un cataclysme.

— Il y a plusieurs années, raconte-t-elle d'une voix blanche, quelques esclaves sont parvenus à s'échapper d'une mine comme celle-là et ils se sont réfugiés dans le seul village assez courageux pour se rebeller contre le tyran.

Tobias sent le chagrin de sa compagne et se rapproche d'elle, pendant qu'Aristobulus continue de s'époumoner. Sarah caresse les cheveux de la poupée et poursuit son histoire.

— C'était mon village... Hérode voulait faire un exemple. J'ai tout vu depuis l'endroit où je m'étais cachée. Il a tué tous les habitants... Il a tué mes parents... Un soldat a refusé d'obéir à ses ordres, mais Hérode l'a tué lui aussi.

Sarah s'interrompt. Elle entend les cris des malheureux, revit la violence, et le voile glacé de la terreur qui l'avait alors enveloppée la fait trembler à nouveau.

Aristobulus s'efforce d'écarter les barreaux de sa prison. Il est terrorisé. Il a vu le scorpion sortir de sa cachette.

— Hérode s'est montré sans pitié, continue Sarah. C'était son meilleur général.

Tobias est envahi par l'émotion de la jeune femme. Des souvenirs personnels remontent aussi à sa mémoire. Son cœur tressaille.

— Quel était son nom ? demande-t-il.

Aristobulus est fou d'horreur. Il s'arc-boute en s'égosillant.

— Son nom ? répète Sarah comme si elle sortait d'un cauchemar.

Victoire ! Dans un dernier effort, Aristobulus se libère enfin et se précipite vers sa maîtresse.

— Aïe ! crie Sarah.

Trop tard ! Le scorpion lui a piqué la main et ses yeux rouges ont jeté un éclair en inoculant son venin de haine !

— Sarah ! Sarah !

Tobias se précipite. Il laisse tomber la torche. Les yeux rouges s'éloignent et se perdent dans l'obscurité...

*

* *

Les mages ont construit un brancard où ils ont allongé Sarah. Elle grelotte de fièvre et sue à grosses gouttes. Son corps lutte de toutes ses forces contre le mal qui la gagne. Tous trois l'entourent.

— Oh non, Sarah ! se lamente Melchior. Non, Sarah, ma petite fille...

— Pleurer ne l'aidera pas ! réplique Balthazar, sévère.

— Ça exprime un sentiment, Balthazar, lui reproche Gaspard avec douceur.

Balthazar ne répond pas. Il se relève et se dirige vers Tobias, resté à l'écart. Il le soupçonne d'un mauvais coup.

— C'était bien un scorpion ?

— Oui ! répond Tobias, soucieux.

— Alors, c'est très grave !

— Bélial ? lui demande Gaspard à mi-voix.

Balthazar acquiesce en silence.

— On ne peut pas interrompre notre mission. Essayons de résoudre l'énigme.

Gaspard va chercher Melchior, toujours désemparé par la souffrance de Sarah.

— Allons, viens ! lui dit-il avec bonté. Elle va se remettre.

Les trois mages s'éloignent, laissant Tobias atteler la civière à Tempête. Gaspard réfléchit à la légende de la cité de Sel, recherche les termes de la malédiction qui l'a frappée. Une phrase lui revient :

— « *Je mangerai le fruit royal du jardin...* »

— Mais il n'y a pas de jardin ici !

Aujourd'hui, bien sûr, et Balthazar a raison. Mais hier ?

— Que trouve-t-on dans un jardin ? demande Melchior avec logique.

— Dans un jardin, on trouve des fleurs, répond Gaspard, des arbres. Si on pouvait aussi découvrir un signe !

Melchior s'est assis à l'ombre une voûte basse, pendant que les deux autres restent sous le soleil. De gros cristaux de sel pendent. L'un d'eux a la forme d'une pomme. Melchior le gourmand le cueille aussitôt :

— On trouve aussi des fruits, dit-il en mordant.

Fruit de sel, parfum de sel ! Melchior est surpris. Le palais en feu, il recrache sa bouchée. Mais en se relevant, il se cogne violemment la tête au plafond et le choc provoque une vibration qui fait trembler son abri. La couche de sel craque et se fissure. Des concrétions tombent, qui entraînent d'autres blocs. Bientôt, ce qui ressemblait à une voûte est totalement nettoyé de sa carapace de sel et un arbre apparaît, majestueux, à la végétation verdoyante, dont les branches énormes s'étendent largement comme un toit.

— Le fruit royal ! s'exclame Gaspard en tapant dans le dos de Melchior. Bien joué, tu l'as trouvé !

Il s'approche de l'arbre. Sur le tronc des lettres sont gravées qui s'éclairent dès que Gaspard commence à lire.

Qui pourra entrer dans le Temple ?

Celui dont les mains sont innocentes et le cœur pur.

Les mots vibrent dans l'air, un grondement leur répond, venu du tréfonds de la Terre, un cataclysme s'annonce. Puis un vent violent se lève. Il balaie la cité de Sel en sifflant et les trois joyaux des mages s'illuminent d'un éclat intense. L'atmosphère est chargée d'une puissante énergie. Soudain, un craquement ! La montagne de sel qui se dressait à quelques dizaines de mètres d'eux s'ébroue comme un animal mouillé et la gangue de sel qui la recouvrait s'effondre à sa base. Apparaît alors le Temple.

Les mages sont muets de surprise devant cette apparition.

Balthazar, le premier, se remet de leur émerveillement et se tourne vers Gaspard.

— Préviens Tobias ! lui dit Balthazar.

À l'aide de son bâton à tout faire, Gaspard envoie une fusée éclairante, immédiatement aperçue par Tobias, qui ramène Sarah.

— Ils l'ont trouvé ! s'écrie-t-il.

Il descend de chameau et se dirige vers Sarah, toujours mal en point sur sa civière. Depuis la découverte des cadavres des suppliciés dans la grotte, depuis les confidences de Sarah, il n'est plus le même. Un doute le taraude.

— Sarah..., demande-t-il à la jeune fille. Sarah, dans la mine, tu m'as dit qu'Hérode avait tué un de ses généraux... Dis-moi ce qui s'est passé.

— Il a tenu tête à Hérode... Il a payé de sa propre vie...

— Quel était son nom ?

Sarah lutte contre les vertiges de la fièvre. Devant l'inquiétude de Tobias, elle comprend qu'elle détient peut-être un secret qui le concerne.

Elle rassemble ses forces et répond, avant de s'évanouir :

— Jason...

Le nom, offert dans un souffle, hurle à l'intérieur de Tobias et fait exploser son cœur. Le jeune homme porte la main à sa gorge. Il suffoque. Un étau lui serre la poitrine. Aveuglé par la douleur, il cherche le pendentif à tâtons, sent la cordelette autour de son cou, l'arrache comme s'il se défaisait d'un garrot et le jette vers le ciel en criant de rage.

Un rapace fond sur l'objet en sifflant, le saisit dans son bec et l'emporte. Un autre l'a vu capturer cette proie, s'élance à son tour pour la lui voler. Ils se battent. Le pendentif tombe et dégringole à deux pas du Temple dans la cave d'une maison recouverte de sel.

Au même instant, dans son laboratoire, Bélial est saisi d'une véritable danse de Saint-Guy. Il s'agite en hurlant devant le regard médusé d'Hérode puis finit par s'immobiliser sur le sol, ratatiné, après trois pirouettes et quatre sauts périlleux, essoufflé, comme s'il venait de tomber du ciel.

— Je sais où est le Temple ! lâche-t-il à bout de souffle.

Et Baruch qui l'entend, dans sa cellule, s'écroule de désespoir.

12 • L'Or

Debout sur le parvis, les trois mages admirent le Temple. C'est une immense bâtisse, formée de plusieurs étages en terrasses, terminée par une flèche qui lui donne son élan. On dirait qu'un souffle puissant l'anime et le pousse à la rencontre du ciel. Il est éblouissant de lumière dorée, comme s'il était coulé dans un gigantesque bloc d'or. Depuis des siècles, il s'était dissimulé à la vue des hommes pour mieux se révéler aux seuls élus, quand le moment serait venu.

Une énigme l'habite et, en le contemplant, les mages comprennent que pour recevoir les Trésors royaux, ils devront les mériter. Comment ? Ils n'en ont encore aucune idée, mais ils sentent qu'une partie va s'engager et qu'ils devront lutter pour vaincre.

— Est-ce qu'on est obligés d'entrer ? demande Melchior qui préférerait retourner chez lui et reprendre ses recherches où il les a laissées.

— N'oublie pas, Melchior, lui rappelle Balthazar avec sévérité, tu es l'un des élus.

Tobias les rejoint enfin, avec Cyrus qui tire la civière de Sarah. Il la détache et Balthazar l'aide à la porter. Ils rejoignent Gaspard et Melchior qui sont entrés dans le Temple dont les portes monumentales se sont ouvertes.

À l'abri du soleil, la douce lumière du Temple apaise Sarah. Elle ouvre les yeux.

— Où sommes-nous ? murmure-t-elle.

Tobias accourt vers elle aussitôt, plein d'espoir. Il lui prend la main.

— Est-ce que tu m'entends, Sarah ?

Elle tourne la tête vers lui. Sa main est fraîche. Elle sourit et Aristobulus, qui entend sa maîtresse parler, lui caresse les cheveux en poussant de petits cris de joie.

Les lieux sont pleins d'une atmosphère pénétrante et, dans le silence, une bienveillance invisible respire. Sarah, affaiblie, profite de cette force et en ressent les bienfaits.

— Je me sens mieux, dit-elle. On est dans un endroit magique.

Balthazar s'approche des jeunes gens et emmène Tobias à l'écart.

— Prends soin d'elle et dis-lui qui tu es.

Puis il rejoint Melchior et Gaspard. Ils ont monté les marches d'un escalier ruisselant de lumière et l'attendent devant deux portes d'un bleu profond où se reflètent les mystères de la nuit. C'est de l'autre côté que tout commence pour eux.

— Notre destinée nous attend, déclare Balthazar pour redonner courage à Melchior qui soupire.

*
* *

Mais, alors qu'ils sont sur le point d'entrer au cœur de leur épreuve, Hérode, lui, s'apprête à sortir de son palais. Deux gardes noirs l'aident à passer son armure.

— Bientôt, le monde va reconnaître quel puissant roi je suis, glousse-t-il en s'admirant.

Depuis que Bélial a découvert où se trouve le Temple, un corps expéditionnaire a été levé sans attendre.

— Une ère nouvelle va bientôt commencer,

jubile le sorcier en traversant la salle d'armes où Hérode revêt sa tenue de combat.

Il n'a pas un regard pour le roi. Il est fasciné par sa propre ruse, par sa puissance. Quand les mages se seront donné la peine de trouver les Trésors, il n'aura plus qu'à les cueillir, grâce à ses sortilèges maléfiques tellement plus redoutables que leurs petits enchantements de prestidigitateurs.

Il traverse la place du palais où les cavaliers et les chars se mettent en formation.

— Forces démoniaques, hurle-t-il en levant les bras vers le ciel, venez à notre aide !

Un mauvais vent de fureur se lève. Un panache de fumée noire s'échappe de sa crosse et monte en tornade en direction de la Lune encore présente dans le ciel.

— Que les ténèbres recouvrent le monde ! Faites que ceux qui aiment la lumière tremblent de terreur !

La fumée, de plus en plus opaque, s'approche du disque lunaire, le ronge et l'obscurité gagne lentement le ciel.

— Quand la Lune noire cachera le Soleil, ils ressentiront tout mon pouvoir.

Indifférent aux démonstrations de son conseiller, Hérode qui ne s'intéresse qu'à lui-même s'installe aux commandes de son char.

— Qui est le plus grand ? clame-t-il en dressant son glaive.

— Hérode ! l'acclament ses troupes rassemblées.

— En avant ! Marche !

L'avant-garde s'ébranle, pendant que Bélial fait installer Baruch ligoté dans son char, avant de s'élancer à son tour.

*

* *

L'OR POUR CELUI QUI FAIT PREUVE DE COURAGE !

Des mots de lumière se sont gravés sur la première porte aux épreuves, et une voix, tombée du plafond du Temple, les a prononcés.

Alors, la porte s'ouvre pour inviter les mages à pénétrer dans une salle baignée d'une brume bleue à travers laquelle il est difficile de distinguer avec netteté des formes étranges.

— Personne n'est jamais allé aussi loin, balbutie Melchior qui n'en mène pas large. De toute façon, nous sommes des héros ! Il est temps de rentrer, à présent.

Gaspard le rattrape alors qu'il s'apprête à

rebrousser chemin et le ramène vers Balthazar, qui est déjà à l'intérieur.

La porte se referme dès qu'ils l'ont franchie et la brume s'éclaircit. Ils sont au cœur de l'hiver. Tout autour d'eux, des glaciers hérissés de séracs, des montagnes déchiquetées à l'infini, des blocs de banquise, des sommets d'icebergs et, sous leurs pas, une surface lisse comme un miroir qu'ils doivent traverser pour atteindre les frontières de ce pays peut-être sans limites.

Au premier pas, la glace craque et se fendille.

— Cela semble fragile ! constate Gaspard. Je vais la rendre plus épaisse.

Il murmure une formule, trace des arabesques au-dessus du sol, avec son bâton, et fait un nouveau pas. Aucune différence ! La glace est toujours aussi frêle. Il recommence en s'appliquant et teste la surface. Rien à faire !

— Quoi ! s'exclame-t-il consterné. C'est impossible ! J'ai perdu mes pouvoirs !

— Qui perd ses pouvoirs rentre chez lui et ne cherche plus la bagarre ! s'écrie Melchior ravi de ce prétexte. C'est... c'est écrit dans mon grimoire... Cha... chapitre un, pa... paragraphe trois... Et sauvons-nous vite !...

Avant que les autres n'aient le temps de le retenir, il s'enfuit en courant. Mais la glace se fend sous ses pas et il s'arrête, effrayé.

Melchior n'a pas compris. Il ne peut pas s'enfuir. Il est entré, avec ses compagnons, dans le Temple des épreuves, et ne peut pas s'échapper. Il n'existe qu'un seul moyen de sortir. Le moyen des vainqueurs : accepter la difficulté, refuser de renoncer et affronter le danger.

— Je déteste le froid, marmonne-t-il en revenant à quatre pattes. Je ne suis pas un pingouin.

Des mugissements de loups lui répondent. Ils s'élèvent de la glace qui se ponctue, ici et là, de silhouettes sombres aux yeux cruels.

Les trois mages ont timidement repris leur marche, épiés par les fauves.

— Je... je suis tout seul à entendre ces bruits ?

Balthazar fait signe à Melchior de se calmer et de se taire.

— Chaque bruit, murmure-t-il, fait craquer la glace. Si tu ne te tais pas, nous allons tous mourir très vite.

— Ne parle pas ! Meurs en silence ! répond Melchior en s'abritant derrière Gaspard.

Les trois hommes s'engagent dans un passage étroit. Les loups sont tout proches, plus menaçants que jamais. Les mages distinguent parfaitement leurs traits. On dirait qu'ils ont été figés par le froid dans une position d'attaque : gueules ouvertes, fourrures hérissées par la colère. Ils attendent un signal pour se revitaliser et s'élancer contre les intrus. Lequel ?

— Il faut que nous restions groupés, conseille Balthazar. C'est notre seule chance.

Hélas, en franchissant une vire étroite, une crête de glace qui les surplombe se brise et se fracasse non loin d'eux. Les échos du choc sont repris par les murailles gelées et se répercutent à l'infini. Le vacarme est assourdissant. Les mages sursautent.

— Attention, Balthazar ! hurle Gaspard.

Trop tard ! Balthazar, déséquilibré, tombe et glisse en dévalant une pente au milieu de blocs qui défoncent le sol en ouvrant des trous énormes.

Le signal est donné. La glace, partout, vole en éclats. Les mages sont entourés d'une avalanche de débris tranchants comme des lames et les loups, libérés, s'élancent enfin à l'assaut de leurs proies humaines.

Balthazar a terminé sa glissade au pied de la pente, dans un trou d'eau glacée. Gaspard se précipite à son secours et essaie de le repêcher en lui tendant son bâton :

— Accroche-toi !

Mais l'eau a imprégné ses vêtements et le froid les fige. Balthazar s'alourdit, se sent attiré vers le fond, et Gaspard est incapable, seul, de le sortir de ce piège redoutable.

— Non ! Je n'y arrive pas !

Il rassemble ses forces pour une nouvelle tentative. Mais à cet instant, dans une galopade de tonnerre, les hurlements s'intensifient, portés par une nuée de poudreuse. Les loups sont là !

— Fais quelque chose, Melchior ! hurle Gaspard.

Melchior est paralysé par la peur, le froid, l'indécision. Il voudrait être utile, mais ne sait comment s'y prendre. Il bégaie, se moque de lui-même, se sent pitoyable et infiniment malheureux de son impuissance.

— Je... Je... Le grand Melchior !... Suis-je un lâche ?

Il regarde les loups foncer sur lui, et soudain, décide de faire front au risque de mourir.

— Non ! hurle-t-il. Je suis un des élus !

Il sort un petit couteau de sa poche et se précipite à l'attaque des fauves qui grognent de plaisir à l'idée de dévorer bientôt ce morceau de choix.

Mauvaise pioche !

Melchior leur réserve un tour de sa façon, une botte secrète totalement imprévisible, même de son auteur. Du Melchior pur jus ! Une maladresse monumentale !

En effet, Melchior, emporté par son élan, part en glissade sans pouvoir se rétablir, retombe sur le dos, après un soleil magistral, fracasse la couche de glace, disparaît dans l'eau glaciale et entraîne vers les profondeurs la meute féroce qui chargeait contre les trois hommes.

Incapable de freiner sa descente, Melchior se débat, à gauche, à droite, comme s'il luttait contre les loups, essayant d'échapper à l'eau qui l'aspire vers le fond. Les fauves, eux non plus, n'en mènent pas large. Asphyxiés, ils se noient les uns après les autres.

Mais le brave Melchior est à bout de souffle. Il étouffe. Sa poitrine va exploser sous la pression. Qu'importe s'il meurt ! Son courage a fini par s'éveiller et il l'a écouté. Ses deux amis seront sains et saufs grâce à lui et cette pensée le console. Il suffoque, puis pousse un dernier cri :

— Aaaah !

Et tout change soudain. Plus d'icebergs, plus de glace, de loups déchaînés et d'eau glacée. Le cri de Melchior a tout fait disparaître. Gaspard et Balthazar sont là, secs, en train d'aider leur ami à se relever. Ils le félicitent d'avoir remporté l'épreuve du courage.

— Fabuleux ! s'enthousiasme Gaspard. Tu as attaqué ces loups avec ton tout petit couteau.

Melchior rit. Il est heureux, fier d'avoir été utile à ses amis, d'avoir bien tenu sa place dans l'épreuve qu'ils doivent affronter. Et ses habitudes de grossir les événements, de les embellir à sa façon reprennent le dessus.

— Cinq cents loups ! Il y avait au moins cinq cents loups amaffés... euh, affamés ! Et moi, tout seul, face à eux ! Prends ça ! Et ça ! Raaah !...

Ses deux amis sourient.

13 • L'Encens

Pendant ce temps, Tobias veille sur Sarah. Il lui rafraîchit le front et la fait boire.

— Tu as meilleure mine, lui dit-il avec douceur.

— C'est cet endroit ! répond-elle en désignant les lieux.

Elle n'ose pas lui avouer que sa présence attentionnée l'aide aussi à se remettre et qu'elle retrouve des forces grâce à lui. Quant à Tobias, il est embarrassé. Balthazar lui a ordonné de révéler son identité à Sarah et il ne sait comment s'y prendre. Il se sent gauche et maladroit comme un garçon.

— Sarah, lui dit-il, écoute... Je dois... J'aimerais te...

Il hésite, puis s'interrompt.

— Je dois réfléchir...

Il se lève, fait quelques pas et sort sur le parvis du Temple. Le ciel est couvert d'une sombre rougeur et la Lune, noircie par les maléfices de Bélial, progresse en direction du Soleil qu'elle va bientôt dévorer.

— Tobias, qu'est-ce qui se passe ?

Sarah s'est levée et le rejoint au-dehors. Elle voit l'obscurité et devine qui en est la cause. Les souvenirs de son village assailli lui reviennent à l'esprit. Elle revoit sa fuite éperdue, le massacre des habitants, de ses parents, du général Jason. Ce jour-là, la même menace pesait dans les nuées.

— Ne reste pas là. Le ciel s'obscurcit encore. Cache-toi dans le Temple !

L'ENCENS POUR CELUI QUI A TROUVÉ L'HUMILITÉ !

La lumière, pour la deuxième fois, a gravé son défi sur la porte qui s'ouvre sans attendre.

Les mages savent à quoi s'en tenir et Melchior, requinqué par ses exploits, pénètre le premier en plaisantant.

— Allons-y ! En avant ! Si jamais il y a un abîme, nous sauterons par-dessus.

La salle où ils se trouvent maintenant est aussi

vide que la première était encombrée. Au centre se tient un brasero. Une curieuse flamme, très mince, s'en élève en direction du plafond où elle disparaît.

Melchior, encore transi par sa traversée de l'hiver, s'approche pour se chauffer, mais soudain, la flamme se transforme en un tourbillon de feu au sommet duquel apparaît la silhouette terrifiante d'un ange.

— Tiens, tiens, tiens... Qu'est-ce que c'est que ça ! s'exclame la silhouette en les regardant attentivement. Trois petits hommes !

Un rire tonitruant fait vibrer la salle.

— La question est : vont-ils être intelligents ?

Les mages ne se laissent pas impressionner. Ils connaissent le feu, surtout Melchior et Gaspard. Ils le maîtrisent assez bien et leurs recherches l'utilisent souvent. Melchior, d'ailleurs, continue de plaisanter.

— Ah ! vous tombez bien. J'avais les mains frigorifiées. Merci beaucoup, Monsieur... euh... l'ange !

Un tonnerre explose comme s'il voulait les écraser. C'est l'ange qui s'amuse des plaisanteries de Melchior.

— Eh bien ! le petit gros a le sens de l'humour. C'est bien. Il en aura besoin.

— Que veux-tu dire ? demande Balthazar.

La silhouette de l'ange s'agite et se déforme. Les mages sentent sur eux son souffle de feu, mais ce souffle ne brûle pas. On dirait que l'ange se retient, qu'il pourrait être dévastateur et les anéantir comme des poussières, mais qu'il cherche seulement à les impressionner.

— Vous serez ce que vous voulez être ! répond-il. Mais d'abord, répondez à ma question. Qui est apparu en premier ? Est-ce la poule ou l'œuf ?

À mesure qu'il parle, il se transforme en une silhouette humaine qui tient une poule dans sa main gauche et un œuf dans sa main droite.

Melchior est un peu déboussolé par cette énigme. La poule ou l'œuf ? La poule a commencé par être poussin et le poussin est sorti d'un œuf. Donc, l'œuf a précédé la poule. Mais l'œuf lui-même a été pondu, puis couvé par une poule. Donc la poule a forcément précédé l'œuf ! Bizarre, bizarre !

— Je suis désolé, conclut Melchior. Je ne sais pas... Non ! Je ne sais pas.

Gaspard au contraire est offusqué d'être testé avec une énigme pour débutant.

— Ah ! quelle stupidité ! s'écrie-t-il. Tu n'as pas une question plus digne d'un grand magicien ?

Un nouveau rire leur explose au visage. L'ange

jubile. Il savait comment provoquer Gaspard et sa réaction l'enchante.

— Ça alors ! le grand Gaspard trouve la question trop facile ! Très bien ! Je vais lui en donner une autre, plus digne de sa sagesse.

La silhouette de l'ange se déchaîne alors et sa voix se déforme :

— Une seule réponse possible. En cas d'erreur, je vous réduis en cendres !

Mais toutes ces démonstrations de puissance n'affectent pas le calme des trois mages. Ils trouvent même que l'ange fait beaucoup de bruit pour pas grand-chose. Comme un illusionniste qui dissimule ses trucs par des effets.

D'ailleurs, il a disparu pour aller chercher sa question. Il a laissé à sa place une partie de son corps qui dessine dans l'air un point d'interrogation. Preuve qu'il n'est sûrement qu'un plaisantin.

Ouragan de feu, il revient !

— Voici ma question ! Un seul a le droit de répondre et vous avez peu de temps. Le Soleil tourne-t-il autour de la Terre ou la Terre tourne-t-elle autour du Soleil ?

Ce défi s'adresse à Gaspard personnellement et l'ange le fixe avec une intensité qui ne laisse aucun doute. Il le provoque sur une question où il se prétend justement le maître.

Et aussitôt l'ange déclenche le compte à rebours ! Il claque dans ses doigts et le claquement se répercute en grondement souterrain. Le sol se crevasse. Des rivières de lave bouillonnent dans les précipices qui s'ouvrent partout autour d'eux. La terre se découpe en îlots qui sont peu à peu rongés par le feu. L'un après l'autre, ils fondent et grossissent le flot brûlant. Et par-dessus le fracas de l'éruption, le rire de l'ange qui prend sa revanche sur leur insolence de petits hommes… Non, il n'est pas un plaisantin !

Serrés l'un contre l'autre, les trois mages regardent le sol se désagréger autour d'eux. Bientôt, seul leur îlot subsiste. Ils vont disparaître inéluctablement. À moins que Gaspard ne sorte vainqueur de son duel avec l'ange !

— Nous n'avons qu'une seule réponse, rappelle Balthazar. Il faut que nous en soyons certains !

Gaspard ne répond pas. Il sait que c'est à lui que Balthazar s'adresse. Ce n'est pas parce qu'il ignore la réponse qu'il se tait. Non ! La raison de son silence est beaucoup plus simple. Il connaît cette réponse, mais il n'ose pas la donner, parce qu'alors il serait obligé de reconnaître ses erreurs. Obligé d'admettre que sa conception de l'univers reposait sur des idées totalement fausses. D'admettre aussi, que dans sa controverse avec Melchior, c'est lui qui avait tort !...

Son orgueil résiste de toutes ses forces. Il tient Gaspard en otage. Il parle à sa place, il agit pour lui. Il le mène par le bout du nez jusqu'au bord du gouffre en disant : « Plutôt mourir que reconnaître mes erreurs ! Plutôt mourir et entraîner mes amis avec moi ! »

Voilà la bataille à laquelle l'ange contraint le mage !

Et l'orgueil qui parasite Gaspard résiste, en suçant jusqu'à la dernière goutte sa source de vie.

Hélas, Gaspard ne parvient pas à trouver la force d'avouer ses erreurs et le lambeau de terre encore intact où les trois mages étaient réfugiés, s'écroule à son tour et les précipite dans l'océan en fusion.

C'est alors que, dans un dernier sursaut, Gaspard terrorisé hurle en reconnaissant enfin ses faiblesses :

— La Terre tourne autour du Soleil !

Tout se tait, tout s'apaise, tout s'efface. La frayeur, l'ange terrible, le feu ravageur. Restent le soulagement, la paix, la légèreté. Gaspard est exténué. Il s'est débarrassé de son orgueil, qui l'enchaînait. Grâce au défi de l'ange qui l'a placé face à lui-même, il s'est libéré.

Balthazar et Melchior s'approchent pour lui témoigner leur affection. En reconnaissant qu'il avait tort, il a fait preuve d'une grande humilité. Ils sont fiers d'être son ami.

Au-dehors, le jour continue à décliner. La Lune noire de Bélial recouvre une grande moitié du Soleil. Un nuage de poussière s'élève à l'horizon et souligne la base des montagnes d'une obscurité sale. Devant le Temple, les chameaux à l'attache sont nerveux.

— Qui sont-ils ? demande Sarah en désignant la poussière.

— Hérode et sa garde noire, répond Tobias.

Il semble sûr, comme s'il savait.

— Comment ont-ils su qu'on était là ?

Tobias se tait. Comment avouer à Sarah ? Comment avouer que Bélial les as trouvés grâce au pendentif qu'il portait au cou ? Comment avouer qu'il est l'espion du tyran ? Comment avouer qu'il a donné toute sa confiance à l'assassin de son père ? Comment avouer sa honte et son chagrin ?

L'aveu est au-dessus de ses forces et Tobias soupire en écoutant la galopade se rapprocher.

14. La Myrrhe

LA MYRRHE POUR CELUI QUI ÉCOUTE SON CŒUR !

Et la troisième porte s'ouvre sous la puissance des mots qui parlent.

La salle où ils pénètrent est voûtée comme une cave. Il y fait sombre et humide. Le sol est recouvert d'eau et l'endroit est lugubre.

La porte est à peine refermée que des plaintes et des gémissements accueillent les trois mages.

— Aidez-moi... Au secours... Ne m'abandonnez pas... Pourquoi, pourquoi ?... Oh, pardon...

Ces voix sont désespérées, difficiles à localiser à

cause de l'écho. On dirait qu'elles suintent des murs. Gaspard est pris au dépourvu.

— Quelqu'un peut-il m'expliquer ce qui se passe ici ? demande-t-il, ému.

— Eh bien, on ne le saura qu'en avançant ! répond tranquillement Melchior. Suivez-moi. On est les plus forts.

Balthazar le rattrape par le bras.

— Je passe devant, décide-t-il. Tu fermes la marche. Ça a bien fonctionné jusqu'ici !

— Très bien ! Je protège nos arrières !

Et les plaintes recommencent. Plus déchirantes, plus bouleversantes. Les mages traversent les bas-fonds du malheur. Bientôt, leurs yeux s'habituent à l'obscurité et ils distinguent, ici et là, des groupes de personnes pétrifiées d'où montent les appels. Qui sont ces gens ? Quels horribles chagrins les ont ainsi transformés en statues ? Qui les a meurtris ?

Les mages sont désemparés, mais Balthazar est tendu. Il sait que cette épreuve est pour lui, puisque ses deux compagnons ont déjà subi la leur. Mais d'où viendra-t-elle ? Sous quelle forme se présentera-t-elle ? Il a hâte d'en découdre et il les incite à ne pas se laisser ralentir.

— Continuons d'avancer. On ne peut rien faire pour eux.

On doit s'arrêter, parfois, Balthazar-le-décidé. On se croit chargé d'une mission qui nous attire loin en avant, alors qu'elle se trouve en réalité tout près de nous, sous nos yeux. La détermination, alors, nous rend indifférents.

Combien de fois, Balthazar a-t-il été déterminé ? Combien de fois a-t-il refusé de s'arrêter pour ne pas perdre de temps ? Il a fini par se revêtir d'une carapace si résistante, il est devenu si dur, si inflexible, qu'on pourrait le croire insensible.

Malgré les pleurs, ils poursuivent donc leur chemin.

— Papa... papa... Ne me laisse pas toute seule.

Le bon Melchior, en arrière-garde, a vu d'où montait l'appel. C'est une petite fille blottie contre un pilier. Il ne peut résister, il fond et il s'approche pour la consoler.

— Petite fille, ne pleure pas.

Mais au moment où il la prend dans ses bras, Gaspard l'aperçoit, comprend qu'il commet une folie et hurle :

— Nooooon ! Melchior !

Trop tard ! Melchior, contaminé par le chagrin de la petite fille, est statufié à son tour.

Hélas ! Le malheur s'est mis en chemin et Gaspard, dans son élan pour retenir son ami, le saisit juste au moment où il se métamorphose et il se statufie, lui aussi.

Tout s'est enchaîné si vite que Gaspard n'a même pas entendu l'avertissement lancé par Balthazar.

— Noooon !

Et son cri de mise en garde se change en cri de solitude.

Il s'approche d'eux et les regarde, figés dans leur dernier mouvement. Son cœur est lourd. Il a perdu ses bons amis et il est seul désormais pour mener à bien leur mission.

La mort dans l'âme, il recommence à marcher, quand soudain deux voix familières se détachent des gémissements qu'il ne veut pas entendre.

— Balthazar... on veut vivre !

— Mon ami, ne nous abandonne pas...

Il les reconnaît. C'est Melchior et Gaspard !

Alors, il tombe à genoux en se tenant la tête à deux mains. À quoi sert la volonté si elle empêche de secourir nos amis ? À quoi sert la force si elle empêche d'aimer ?

Sa cuirasse irrésistible tombe et Balthazar, bouleversé, se met à pleurer. À quand remonte son dernier chagrin ? Il en a perdu le souvenir. Ses larmes coulent sur son visage et tombent dans l'eau qui recouvre le sol.

Balthazar comprend alors l'origine de cette eau : ce sont toutes les larmes des malheureux pétrifiés.

Un miracle s'accomplit alors. Quand la première larme de Balthazar se mélange aux autres larmes versées, le sortilège disparaît, les prisonniers du malheur sont libérés et chacun retrouve son apparence.

Balthazar, enfin, a écouté son cœur !

— Mon cher Patapouf, plaisante Gaspard en serrant Melchior dans ses bras. Tu m'as fait une de ces peurs !

Il se ravise, en voyant que Balthazar les regarde.

— Heu... Bon ! On ne va pas faire un mélodrame de toute cette histoire !

Puis il s'approche de leur sauveur et voit ses yeux humides.

— Des larmes, Balthazar ? Ce sont des larmes ? Deux vieilles badernes comme nous ne valent pas la peine qu'on pleure pour elles, mais... merci quand même !

— Tu as pleuré ? lui demande Melchior avec douceur.

— Oui... j'ai pleuré. C'est incroyable...

Les mages progressent dans leur voyage au cœur des épreuves, mais les troupes d'Hérode parviennent déjà en vue du Temple.

Tobias et Sarah, maintenant parfaitement remise de sa piqûre de scorpion, les voient arriver.

— Il faut qu'on prévienne les mages, propose Sarah.

— Allons-y !

Mais au moment où ils font demi-tour pour entrer dans le Temple, ils sont arrêtés par une barrière de glaives qui les empêche d'avancer.

Les gardes noirs ont précédé le gros de la troupe !

15 • Troisième attaque

Les mages ne se doutent de rien. Ils ont accompli trois épreuves, chacun la leur, mais ils n'ont toujours pas trouvé les Trésors royaux. À l'intérieur du Temple, ils marchent, guidés par le jeu des portes qui s'ouvrent et se referment.

Après l'épreuve de l'humilité, ils parviennent dans une salle aux murs taillés dans le roc. En plein centre de cette salle se dresse un petit autel de pierre, simple, dépourvu de richesses et d'ornements. Une lumière très douce s'en dégage et les mages, qui se sont arrêtés, découvrent que le sol est couvert de signes, gravés autour de l'autel en cercles concentriques. Que signifient-ils ? Aucun des trois hommes n'est capable d'en percer le sens. Pourtant, ils comprennent que les signes accompagnent l'autel et qu'ils forment un ensemble duquel se dégage une force de vie paisible et sûre. La force qui a donné naissance au monde et dont tous les secrets se trouvent ici, dissimulés dans un code indéchiffrable.

Soudain leurs bijoux scintillent et quittent la chéchia de Melchior, la tunique de Balthazar et la canne de Gaspard. Ils s'élèvent dans l'air en direction de l'autel qui s'éclaire à son tour, à leur approche. La pierre sacrée les attend depuis longtemps. En effet, trois niches y sont creusées. Elles ont la forme d'une pyramide, d'un cube, d'une demi-lune, et leurs bijoux viennent s'y loger parfaitement, telles des clés.

C'est alors que le mystère s'accomplit. À peine les trois clés d'or sont-elles introduites dans les serrures de l'autel, qu'un jaillissement de lumière bleue s'élève en direction de la voûte, la traverse et poursuit son ascension vers le firmament.

Le ciel est sinistre, empourpré de menace, et le Soleil totalement masqué par la Lune noire. Mais l'Étoile, à l'appel du rayon qui monte à sa rencontre perce les nuées rouges et ouvre une mer de lumière autour d'elle. Elle est plus rayonnante que jamais, heureuse de pouvoir récompenser le courage des trois élus. Alors, lorsque le rayon venu de la Terre atteint enfin le ciel, un puits de lumière se creuse dans l'air et relie l'Étoile à l'autel du Temple. C'est par là que les Trésors descendent, avec lenteur, portés par la voix de l'Étoile qui les remet à chacun des mages.

— Vous qui avez réussi l'épreuve des Rois, vous vous êtes montrés dignes de porter les Trésors royaux au Roi des Rois qui va bientôt naître.

Une pyramide d'or flotte en direction de Melchior.

— Pour ton courage, tu porteras l'Or, roi Melchior !

Un coffret d'or, rempli d'encens se dirige vers Gaspard.

— Pour ton humilité, tu porteras l'Encens, roi Gaspard !

Une coupe d'or, pleine de myrrhe, arrive dans les mains de Balthazar.

— Pour ton cœur, tu porteras la Myrrhe, roi Balthazar !

À tour de rôle, leurs silhouettes se sont nimbées de bleu et leurs coiffures couvertes d'or. La force de l'Étoile est entrée en eux pour protéger leur corps et leur esprit.

Une fois chacun en possession de son présent,

l'astre leur donne un dernier conseil avant de les quitter :

— Il vous reste encore une épreuve à accomplir. La plus difficile de toutes. Ayez confiance en vous-mêmes et n'oubliez pas ceci : peu de gens croyaient que le petit David pourrait vaincre le grand Goliath.

*
* *

Hérode le prétentieux arrive. À la vue du Temple, il est pris d'une joie frénétique.

— Chargez ! hurle-t-il à ses troupes. Brisez les portes !

Les gardes noirs se précipitent et s'attaquent aux portes monumentales. Soudain, une explosion venue de l'intérieur du Temple pulvérise l'entrée et la déflagration désintègre la plus grande partie des assaillants.

Hérode descend de son char, retire son casque et contemple le désastre, ahuri. Comment a-t-on pu lui faire une chose pareille !

Tobias et Sarah sont sidérés, eux aussi. Ils approchent du Temple, emmenés par les gardes noirs qui les ont capturés, et découvrent le désastre. Vite, c'est l'occasion ! Ils profitent de la consternation générale.

— Sauve-toi ! crie Tobias à Sarah en se débarrassant de son gardien.

La jeune fille, à son tour, se libère d'un coup de poing, ils s'enfuient et parviennent bientôt à proximité du Temple. Un spectacle imprévisible les y attend.

— Regarde ! Là-bas ! s'écrie Sarah.

Les Rois mages viennent de sortir. Hérode est encore entouré de quelques gardes qui retiennent Baruch. Le tyran n'en mène pas large. Soudain, un grondement prend tout le monde de court. C'est le sol qui se soulève. Un rideau de terre et de roches poussé vers le haut se dresse devant le Temple, le recouvre jusqu'au sommet de sa plus haute tour et l'ensevelit à tout jamais. Il a repris son apparence de montagne.

La stupéfaction fige tout le monde.

Balthazar, le premier, remarque l'absence des deux jeunes gens.

— Et Sarah ? Et Tobias ?

— Ils ont dû se cacher quelque part, le rassure Gaspard. Mais tout ça ne me dit rien qui vaille ! ajoute-t-il en redoutant un mauvais coup.

En effet, il manque un autre personnage : le pire

de tous, Bélial, arrivé sur les lieux bien avant Hérode et qui a mystérieusement disparu depuis.

— Pouah ! s'exclame Melchior écœuré, en se bouchant le nez. Ça sent le soufre... et le poisson pourri...

Hérode, en entendant Melchior, renifle l'odeur à son tour et reprend espoir :

— Du soufre !

Puis il saute de joie en s'étranglant de rire :

— C'est Bélial !

Bélial en effet, apparaît. Un Bélial méconnaissable, métamorphosé par sa puissance destructrice. Le vent de la chance a tourné pour les mages.

La mer Morte bouillonne. Un dragon géant et barbichu se dresse soudain, ruisselant d'écume nauséabonde. Les derniers soldats survivants s'enfuient sans demander leur reste, pendant qu'Hérode applaudit l'entrée en scène de son allié.

Bélial-dragon hurle, écrase quelques soldats retardataires d'un coup de patte, crache un jet de feu vengeur contre la cuirasse qui recouvre le Temple, puis se pose devant les mages d'un air provocateur.

Balivernes ! Cela n'impressionne guère Melchior, le roi du courage.

— Tu l'auras voulu ! décide-t-il en sortant son petit couteau.

Et il se jette à l'assaut du monstre, comme il l'a fait avec les loups. Mais un dragon est infiniment supérieur à une meute de loups, et Bélial, n'accorde pas la moindre chance au pauvre Melchior. De son souffle enflammé, il le projette impitoyablement contre la montagne et, sans la présence d'esprit de Gaspard qui l'arrête de justesse avec son bâton, il s'écrasait contre la paroi.

Bélial-dragon a déjà repris son souffle et, sans laisser une seconde de répit aux moustiques humains qui le défient, il lance un nouveau crachat de lave brûlante. Gaspard et Balthazar évitent de justesse la décharge qui ouvre un sillon calciné dans le sol.

— Tu n'aurais pas une solution ? demande Gaspard à son ami.

Le dragon les sent désemparés. Il arme son troisième tir et les deux mages, pris de vitesse, sont projetés en l'air, mais, par miracle, échappent encore une fois au feu.

— Détruis-les ! hurle Hérode qui assiste à la bataille en battant des mains.

Pendant ce temps, deux survivants de la garde noire ont retrouvé Tobias et Sarah qui leur avaient faussé compagnie. Un duel s'engage entre eux. Chacun son adversaire. La lutte est acharnée. Ni

Tobias ni Sarah ne sont décidés à se laisser vaincre. Soudain, Tobias prend l'avantage et désarme son adversaire. L'autre garde rompt l'engagement et les deux jeunes gens se retrouvent côte à côte.

— On dirait qu'on a fait ça ensemble toute notre vie ! plaisante Sarah, même pas essoufflée.

— Tu te bats mieux que je ne l'aurais pensé, la complimente Tobias.

Brusquement, les deux gardes reculent. Impossible ! Des guerriers de cette trempe ne battent pas en retraite. C'est une ruse !

En effet, dans un éclair de feu, ils se changent en loups et se ramassent pour bondir.

À la première attaque, Tobias est griffé au bras, profondément. Il crie.

— Tu ne veux quand même pas que je te soigne à nouveau ?

— Ça non ! La première fois m'a suffi !

Mais les loups se préparent pour leur second assaut. C'est alors que Sarah et Tobias se consultent du regard. Ils ont la même idée et ils se comprennent sans même se parler, comme deux vieux compagnons d'armes aguerris par des années de bataille.

Au moment où les loups s'élancent, ils se jettent sur le côté et les deux fauves se percutent de plein fouet. Leur puissance magique, à pleine charge, les pulvérise.

Tobias et Sarah se relèvent. Ils sont face à face et n'osent se toucher. Ils se regardent comme s'ils se découvraient.

— Je ne m'étais jamais battue comme ça, aux côtés de quelqu'un, confie Tobias.

— Et moi, je ne m'étais jamais battu aux côtés de personne, avoue-t-elle à son tour.

Tobias la regarde, surpris. Il comprend qu'elle ne lui a jamais raconté que des histoires. Pour la première fois, elle lui parle avec sincérité et sa voix est douce. Il voudrait lui répondre, ajouter de la douceur à la sienne, mais Hérode profite de cet instant pour saisir Baruch en otage et l'entraîner.

— Il s'enfuit ! s'écrie Sarah.

Ils le prennent en chasse.

De leur côté, les Rois mages sont bien loin d'en avoir fini avec le dragon. Après avoir essuyé sa troisième salve brûlante, Gaspard et Melchior ont conjugué leurs efforts pour l'atteindre. Gaspard l'a encerclé d'un anneau de feu, mais Bélial l'a brisé sans effort. Melchior lui a jeté une rafale de traits enflammés, mais Bélial les a soufflés comme des chandelles. Rien à faire ! Même pas égratigné !

— On ne peut pas le vaincre ! renonce Gaspard.

Balthazar tente alors une manœuvre désespérée. Il lui saute sur la queue et escalade son dos. Mais, parvenu à sa tête, il est déséquilibré. Il glisse, se rattrape à la paupière de l'œil borgne de Bélial, mais lâche prise et tombe dans le vide aux pieds du monstre.

Perdu pour perdu, Melchior a repris son grimoire.

— Un sort... un sort, il faut que je trouve un sort !

Il passe sa collection en revue. Dans un grimoire aussi complet, il y a forcément des sorts adaptés aux dragons !

— Ah... Ah... voilà ! « Enfants du poulailler, venez tourbillonner ! »

Aussitôt, des milliers de poulets prennent leur envol et se dirigent à l'assaut du monstre, encerclent son cou en piaillant, lui emberlificotent les naseaux et le bestiau grogne, hideux, bat des pattes pour éloigner les volatiles qui se détournent, mais reviennent à la charge. Le monstrueux s'énerve, branle de la tête comme s'il était ivre, tant les poulets l'étourdissent, et finit par oublier ses principaux adversaires : les mages.

— Profitons-en ! s'écrie Balthazar. Souvenez-vous de ce que l'Étoile a dit !

— Peu de gens, commence Gaspard, croyaient que le petit David...

— ... pourrait vaincre le grand Goliath ! continue Melchior.

Prononcer la phrase leur donne, à tous trois, la même idée. David, le petit David, n'avait à sa disposition qu'une arme de petit, une fronde ! Il leur faudrait une fronde ! Mais oui, pourquoi n'y avaient-ils pas pensé plus tôt !...

Alors, ils conjuguent tous leurs pouvoirs, toutes leurs forces, tout leur désir de triompher de la bête de feu et se tournent vers le ciel. Une explosion de lumière tonne au-dessus de leurs têtes et l'arme redoutable apparaît : armée d'un projectile, prête à servir, la fronde de David !

Balthazar tend le bras et la reçoit dans sa main, comme si elle se mettait à son service.

Déjà, elle tournoie, avec une force décuplée par la colère du mage et le caillou part en sifflant. Non, ce n'est pas le dragon qui est visé. C'est le cœur de sa puissance : la Lune noire, sur les cimes du ciel d'où elle s'apprêtait à étendre la nuit sur Terre à jamais !

Lorsque le projectile atteint sa cible, l'effet est instantané. La Lune explose. Bélial est touché à mort. Le souffle de la déflagration le projette en l'air et il retombe, la tête la première, dans la mer Morte où sa grande carcasse de reptile s'enfonce au milieu d'un orage de bouillonnements et de vapeurs. Le feu de la bête est éteint pour toujours.

— Va te faire voir, espèce de sale mutant ! triomphe Melchior.

Gaspard fronce le sourcil en l'entendant.

— Depuis que tu es courageux, tu es devenu extrêmement vulgaire !

C'était la joie, mais qu'importe !

Sarah et Tobias rejoignent les mages et tous s'embrassent, heureux de se retrouver enfin.

16 • Coups de théâtre

— Vous croyez vraiment avoir gagné ! crie soudain une voix sucrée par l'hypocrisie. Les Trésors ou je tue le vieillard !

Hérode, c'est vrai ! Dans leur joie d'être venus à bout du terrifiant Bélial, ils l'avaient oublié, celui-là. Il sort d'une grotte où il s'était caché en se protégeant derrière Baruch. Il menace de lui trancher la gorge.

— Tobias, ils t'ont jeté un sort ! prévient Baruch.

Hérode, lance l'arme de Jason au jeune homme.

— Je t'ai apporté ton glaive, lui dit-il, provocant.

— Laisse partir Baruch ! répond Tobias, troublé.

— Es-tu en train de me trahir ? Moi qui ai toujours été un père pour toi !

— Mais, qu'est-ce qu'il raconte, Tobias ? demande Sarah.

Hérode comprend que Tobias n'a pas osé révéler son secret. Il jubile.

— Tu ne lui as pas dit qui tu es ?

— Il a seulement commencé à ouvrir les yeux, commente Balthazar qui assiste à la scène, impuissant.

Tobias, vexé par les sarcasmes du roi, fait un geste dans sa direction.

— Fais un pas de plus et je le tue, reprend Hérode pressé d'en finir.

La situation est bloquée. Personne n'ose bouger. Personne sauf Melchior-courage qui s'avance en faisant semblant de raisonner Hérode. Derrière son air de vieux pépère inoffensif, il lui tend un piège.

— Tu ne peux pas toujours gagner, Hérode... Tu as gagné souvent, mais nous avons tué ton monstre. Et maintenant, nous portons tous des couronnes et toi... tu as perdu la tienne.

La ruse fonctionne à merveille.

— Ma couronne ! s'écrie Hérode en portant la

main à sa tête pour vérifier qu'elle est toujours à sa place.

Trop tard ! Il a lâché Baruch. C'est ce que Melchior espérait ! Et le mage en profite pour lui foncer dans la paillasse.

L'élan les emporte dans la grotte. Ils roulent l'un sur l'autre, dissimulés à la vue des autres, qui n'ont pas eu le temps de réagir.

Melchior réapparaît presque aussitôt, essoufflé, pâle. Il titube.

— Oooh ! dit-il. Je l'ai raté. Aaaah !

Et il s'effondre sur le sol.

— Noooon ! s'écrie son ami Gaspard en se précipitant.

Mais Hérode se dresse à nouveau comme un diable de sa boîte : indestructible. Il a repris Baruch et hurle de fureur.

— Quelqu'un d'autre a-t-il encore envie d'essayer ? Donnez-moi les Trésors !

Tobias s'est mis en garde. Il se ramasse comme un fauve, prêt à bondir. Mais un secours inespéré lui tombe du ciel. Aristobulus ! qui bondit sur le crâne d'Hérode, lui chipe sa couronne et s'enfuit en moulinant de ses petites pattes. Le méchant fait un geste pour le rattraper, mais Tobias est déjà sur lui et l'envoie rouler dans la poussière d'un coup d'épaule. Déséquilibré par une pichenette ! Tobias s'apprête à frapper.

— Tobias ! supplie Hérode. Regarde-moi, Tobias. Tu ne peux pas...

— Tu as tué mon père ! hurle-t-il.

— Il m'avait trahi ! bafouille le roi des menteurs.

Tobias est excédé. Il veut en finir et lève son glaive. Mais Baruch arrête son geste.

— Non, Tobias ! Ton père n'aurait pas fait cela.

Tobias regarde Baruch le sage et se ravise en rengainant sa lame.

À l'extérieur de la grotte, Balthazar, Sarah et Gaspard sont penchés sur Melchior.

— Balthazar, s'inquiète Sarah, tu peux le sauver ?

— Mes pouvoirs ne peuvent rien contre la mort.

Tobias sort de la grotte à cet instant. Il entend Balthazar et voit le corps de Melchior, inanimé.

— La mort ?...

Oui, Melchior est mort. Melchior-courage, le meilleur d'entre eux, le plus gai compagnon qui fût. Melchior, mort d'avoir été trop généreux. Ils se détournent tous, accablés par le chagrin.

En s'éloignant, ils entendent soupirer derrière

eux. C'est Melchior ! Il remue. Ils se regardent sans y croire. Melchior n'est pas mort ! Il se relève. C'est bien sa voix qui murmure en bougonnant :

— C'est étrange... Je ne suis pas mort...

Il devrait pourtant, avec la blessure qu'il a reçue ! Il se tâte la poitrine, là où le glaive d'Hérode l'a frappé. Un peu douloureux, bien sûr, à cause du coup, mais pas mortel. Il passe la main dans sa tunique et en sort l'objet qui l'a protégé.

— C'est l'or ! L'or m'a sauvé la vie... J'en étais sûr !

Il brandit la pyramide d'or. Le cadeau pour l'Enfant-Roi ! Melchior-bonté, protégé par l'Étoile afin qu'il accomplisse sa mission ! Melchior est bien vivant ! La preuve, son ombre de coq bat des ailes joyeusement.

— Melchior ! s'écrie Gaspard en se précipitant vers son cher complice. Roi de la lumière !

Il le prend dans ses bras et Balthazar les rejoint, laissant Sarah et Tobias savourer seuls cette joie.

Pendant ce temps, à quatre pattes, Hérode met à profit ce répit pour leur fausser compagnie. Il quitte la grotte et s'éloigne, se croyant tiré d'affaire. Mais Melchior a senti qu'il s'enfuyait. De loin, il lui crie :

— Une âme aussi noire que la tienne mérite du charbon !

Il lui envoie un gros boulet charbonneux qui lui botte les fesses et le fait basculer par-dessus un rocher. Il se relève noir comme un ramoneur.

— Du charbon pour les méchants, excellente idée ! approuve Gaspard.

— Sans Bélial, il n'est rien, ajoute Baruch en le regardant s'éloigner en clopinant. Sa haine et sa peur le détruiront.

Tobias et Sarah sont toujours face à face, les yeux dans les yeux. Ils n'ont remarqué ni la fuite d'Hérode-le-piteux, ni la dernière facétie de Melchior. Tobias a profité de cet instant de solitude pour se défaire de tous les secrets qui encombraient son cœur. Sarah, maintenant, sait tout. Elle sait qui il est. Elle sait comment il a été envoûté par Bélial. Lui aussi sait qu'elle n'a jamais fait partie d'aucun groupe de rebelles et qu'elle a toujours inventé ses exploits. Ses vrais exploits sont récents et elle les a accomplis aux côtés de Tobias.

Sous les masques de leurs personnages, ils se découvrent enfin, vrais, amoureux l'un de l'autre, et ils s'embrassent.

Tout près d'eux, Sula la chamelle et Cyrus le chameau, les montures de Melchior et Gaspard, les regardent en gloussant de joie.

Le soir tombe et le soleil du couchant allume sur toute la Terre des feux de joie qui saluent la disparition du dragon et la défaite d'Hérode. Puis la nuit pose sur le monde sa main couverte de diamants, et apporte le repos dans le cœur de ceux qui ont bien travaillé pour la justice.

Seuls les Rois mages demeurent éveillés. L'Étoile au-dessus de leurs têtes les appelle. Ils ont encore à faire. Sans un bruit, ils sellent leurs chameaux, puis viennent saluer leurs amis en silence. Ils les regardent une dernière fois. Tobias tient Sarah contre lui, serrée comme s'il la protégeait. Et Baruch, à l'écart, semble veiller sur eux depuis son sommeil. Ils dorment profondément.

Les chameaux qui reprennent leur marche paisible sur la piste ne savent pas qu'ils ouvrent un nouveau chemin de lumière dans le cœur des hommes.

7 • Retour à Bethléem

— Un soir, les trois mages arrivèrent à Beth[illegible]
L'enfant Roi venait de naître. Le Roi de tou[illegible]
Rois ! Ils lui offrirent [illegible] leurs pré[illegible]
[illegible] écoute Alfredo. Il est dans la crèch[illegible]
cent. Il accompagne Melchior, Gaspard e[illegible]
thazar. Il a vu, comme eux, l'étoile descend[illegible]
ciel et doucement les guider à mesure qu'ils [illegible]
gnaient. Elle illumine la crèche lorsqu'ils y [illegible]
viennent et sa lumière est si douce que J[illegible]
ferme les yeux pour la garder dans son [illegible]
Quand [illegible] les rois, l'étoile a suivi. Elle [illegible]
dans le [illegible] d'Alfredo [illegible] le grand [illegible]

17. Retour à Brooklyn

— Et enfin, les trois mages arrivèrent à Bethléem. L'Enfant-Roi venait de naître. Le Roi de tous les Rois, et ils lui offrirent humblement leurs présents.

Jimmy écoute Alfredo. Il est dans la crèche du conte. Il accompagne Melchior, Gaspard et Balthazar. Il a vu, comme eux, l'Étoile descendre du ciel et lentement les guider à mesure qu'ils avançaient. Elle illumine la crèche lorsqu'ils y parviennent et sa lumière est si douce que Jimmy ferme les yeux pour la garder dans son cœur. Quand il les rouvre, l'Étoile l'a suivi. Elle est là, dans le restaurant d'Alfredo, sur le grand miroir derrière le comptoir. Elle lui adresse un discret clignement.

— En récompense, pour avoir mené à bien cette mission si importante, explique Alfredo, les trois rois reçurent un don : le pouvoir d'exaucer les rêves secrets des enfants. Et ainsi, depuis des siècles, chaque année, durant la nuit du 5 janvier, les Rois mages parcourent le monde entier pour apporter paix, amour et consolation.

— Amour aussi ? demande Jimmy les yeux perdus dans un rêve.

— Il te suffit d'y croire un peu !

Jimmy soupire. Le chat d'Alfredo, toujours sur le comptoir, a écouté l'histoire jusqu'au bout avec Jimmy. Il remue la queue, comme pour approuver les dernières paroles d'Alfredo et donner confiance à l'enfant.

New York, la grande ville, s'est endormie et le pont de Brooklyn est à présent presque invisible. Les heures s'écoulent. La nuit se remplit de chuchotements, de frôlements et de murmures de conspiration.

Lorsque l'aube se lève, elle surprend trois hommes qui se hâtent. Ils descendent une échelle de secours, à l'arrière d'un immeuble. L'un des trois, petit, grassouillet, parle en riant, comme s'ils venaient de faire de bonnes farces. Un autre soupire en l'écoutant et le plus grand lui fait signe de se taire. En effet, il faut qu'ils passent inaperçus, et surtout, qu'ils se dépêchent de rentrer. Le jour va bientôt se lever sur le matin du 6 janvier. Leur nuit est terminée. La belle nuit des Rois !...

Lorsque le soleil apparaît, Melchior, Gaspard et Balthazar, montés sur leurs chameaux, s'éloignent dans la lumière du levant.

Quelques heures après, un autre soleil se lève. Un soleil d'enfant. Jimmy de Brooklyn ! Sa tête est encore pleine de l'histoire d'Alfredo qu'il a emportée dans son sommeil. La nuit des Rois !...

— Il te suffit d'y croire un peu...

Alfredo avait terminé sur ces mots.

Croire, croire !... Pour l'instant, Jimmy, mal réveillé, bâille et s'ébouriffe les cheveux. En s'étirant, il remarque sous la fenêtre un carton qui ne s'y trouvait pas la veille au soir. Soudain, il comprend !

— Eh !... Les Rois mages... Maman ! Papa ! Les Rois mages sont venus !

Il se précipite sur le cadeau, fait sauter le ruban, déchire le papier, retire le couvercle de la boîte et... un petit animal bondit en poussant des cris de joie. Avant que Jimmy n'ait le temps de dire un mot, il a déjà grimpé sur son épaule et, de là, sur sa tête où il s'installe comme une couronne de roi.

— Aristobulus ! s'exclame Jimmy.

Le cadeau de Melchior, Gaspard, Balthazar, Tobias, Sarah et Baruch. Ses amis pour la vie...

Alors, comme s'ils pouvaient l'entendre, il court à la fenêtre et crie en direction du soleil.

— Merci !

Table

1.	Jimmy et Alfredo	7
2.	Les Bons et les Méchants	13
3.	L'Étoile	23
4.	Tobias et Baruch	35
5.	Sarah	41
6.	La rencontre	45
7.	Les Trésors royaux	57
8.	Le piège	67
9.	Première attaque	75
10.	Deuxième attaque	85
11.	Révélations dans la cité de Sel	97
12.	L'Or	109
13.	L'Encens	121

14. La Myrrhe 129
15. Troisième attaque 135
16. Coups de théâtre 147
17. Retour à Brooklyn 155

Composition JOUVE – 62300 Lens
N° 834189e
Imprimé en France par HÉRISSEY - 27000 Évreux
Dépôt imprimeur : 96863 - éditeur n° 50423
32.10.1130.7/01 - ISBN : 2 - 013 - 21130 - 9
Loi n° 49-956 du 16 juillet 1949 sur les publications destinées à la jeunesse
Dépôt légal : novembre 2004